Karl Olsberg

Das Dorf

Band 7: Primos Sohn

Published by Karl Olsberg
c/o Briends GmbH, 22041 Hamburg
www.karlolsberg.de

Für die Mutter
meiner drei Söhne

Minecraft Seed für das Dorf: 100200300400500

Erkunde selbst das kleine Dorf am Rand der Schlucht und die Welt darum herum! Das ist ganz einfach (Anleitung für die PC-Version):

1. Starte Minecraft
2. Wähle „Einzelspieler“
3. Klicke auf „Neue Welt erstellen“
4. Wähle einen Namen für deine Welt, z.B. „Das Dorf“
5. Klicke auf „Weitere Weltoptionen ...“
6. Gib in das Fenster „Startwert für den Weltgenerator“ den Wert 100200300400500 ein.
7. Klicke auf „Neue Welt erstellen“.

Du spawnst am Hang eines Bergs. Steige hinab in die Ebene zu deinen Füßen und wende dich nach links, dann kommst du bald an ein Dorf, das an einer Schlucht liegt. Dies ist das Dorf, in dem die vorliegende Geschichte spielt. Natürlich verhalten sich nicht alle Bewohner im Spiel genauso wie in meiner Geschichte, aber die Welt, die ich beschreibe, ist genau die, durch die du wanderst. Am Ende dieses Buches findest du weitere Hinweise, wie du die Schauplätze dieser Geschichte erkunden kannst. Viel Spaß dabei!

Hinweis: Dieser Seed generiert die Welt von „Das Dorf" leider nur in der PC-Version. Als ich diese Geschichte schrieb, war die aktuelle Minecraft-Version 1.8.8. Es ist möglich, dass in späteren Minecraft-Versionen der Seed 100200300400500 auch auf dem PC eine andere Welt generiert als die beschriebene. In diesem Fall musst du eine frühere Version (z.B. 1.8.8) installieren, wenn du die Welt des Dorfs erkunden willst.

1. Schlaflose Nächte

„Nur ein einziges Mal noch, ja?", fragt Ruuna, die Hexe. Sie versucht, Augen zu machen, die so groß und rund und süß sind wie die der Katze Mina, was sie dennoch nicht ganz so niedlich erscheinen lässt. „Nur ganz kurz. Zwei drei Runden, dann lass ich wieder den Enderman fahren, ja?"

„Nein", sagt Primo energisch. „Nein, nein, nein! Ich hab's dir doch schon erklärt! Wenn wir die Kreisbahn jemals abschalten, hält die Lore an, und Artrax teleportiert sich weg."

„Na und? Der durfte doch schon die ganze Zeit fahren. Jetzt bin ich auch mal dran!"

„Ruuna, die Kreisbahn ist nicht zum Spaß da, sondern um den Enderman gefangenzuhalten", ruft Primo entnervt. „Sie bleibt eingeschaltet und niemand darf damit fahren, Schluss aus basta!"

„Das ist gemein!", sagt Ruuna und zieht schmollend ab.

Er seufzt. Eine Woche ist es jetzt her, seit der böse Enderman gefangen wurde, als er versucht hat, das kleine Dorf am Rand der Schlucht ein zweites Mal zu zerstören. Seitdem hat Primo kaum richtig geschlafen.

Nach ihrem großartigen Sieg über die Mächte der Finsternis gingen die Dorfbewohner schnell wieder zur Tagesordnung über: Priester Magolus überlegte, wie er gegenüber seinem Erzrivalen Wumpus aus dem Wüstendorf mit dem gefangenen Dämon angeben könnte, seine Assistentin Birta tat so, als sei sie die Chefin im Dorf, und kommandierte jeden herum, Kolles Vater Nimrod steckte zusammen mit dem alten Lausius seine Nase in die Bücherstapel der Bibliothek auf der Suche nach alten Geheimnissen, die anderen gingen ihrem Tagesgeschäft als Bauern, Fischer, Schäfer oder Fleischer nach. Sie ignorierten die Kreisbahn einfach, so als sei damit das Problem des Endermans für alle Zeiten gelöst und er werde von nun an auf der Wiese neben der Schlucht so zuverlässig seine Kreise drehen, wie die Sonne morgens auf- und abends unterging.

Nur Primo ließ die Sache keine Ruhe. Schon in der ersten Nacht schlief er schlecht, immer wieder geweckt von Alpträumen, in denen der Enderman es irgendwie geschafft hatte, sich aus der Bahn fort zu teleportieren. Schweißgebadet lief er dann jedes Mal mitten in der Nacht zur Kreisbahn, um sich zu vergewissern, dass Artrax immer noch dort war.

Am nächsten Tag erwischte er eines von Jargas Schafen beim Grasen in dem Oval aus Gleisen. Er versuchte, es zu verscheuchen, wobei das dumme Vieh beinahe den Hebel berührt hätte, mit dem die Bahn abgeschaltet werden konnte. Irgendwann schaffte er es, das Tier aus dem Oval zu befördern, ohne dabei von der rasend schnell im Kreis herumfahrenden Lore mit dem wütenden Enderman gerammt zu werden. Zum Dank machte ihm Jarga Vorwürfe, er habe ihrem Schaf einen Riesenschreck eingejagt.

Tags darauf spielten Hakun, Olum, Bendo und Kaus auf der Wiese neben der Schlucht Fußschädel. Es dauerte nicht lange, da flog der Schädel in hohem Bogen genau auf den Hebel zu. Er traf ihn nur deshalb nicht, weil im letzten Moment die Kreisbahn dazwischen fuhr, so dass der Schädel vom Kopf des Endermans abprallte und ins Tor von Hakun und Kaus rollte. Es folgte eine mehrstündige Diskussion darüber, ob das Tor galt oder nicht, aber niemand hörte auf Primos Appelle, doch bitte auf der anderen Seite der Schlucht weiterzuspielen.

Die Vorfälle machten Primo endgültig klar, dass es nicht reichte, den Enderman zu fangen - man musste auch dafür sorgen, dass er nicht wieder entkommen konnte. Er schlug vor, eine große Pyramide aus Steinblöcken über dem Gleisoval zu errichten, oder wenigstens eine hohe Mauer darum herum zu bauen, um Schafe, Hühner und herumfliegende Schädel fernzuhalten. Doch Magolus verwahrte sich dagegen, den Blick auf „unsere neuste Dorfattraktion" zu verbauen, und die anderen Dorfbewohner waren der Ansicht, so etwas verschandele die Landschaft.

Auch die Idee, Asimov mit dem Schutz der Kreisbahn zu beauftragen, scheiterte, denn der Golem behauptete, der Aufenthalt in der Nähe der starken, von der Bahn ausgehenden Magnetfelder sei schlecht für seine Schaltkreise, was immer das bedeuten mochte.

In seiner Verzweiflung wandte sich Primo an Lausius, von dem der Plan für die Kreisbahn stammte, doch der Alte hörte ihm wie üblich nicht zu und gab ihm keinen brauchbaren Rat. Selbst sein sonst so kluger Vater Porgo empfahl ihm nur, sich keine Sorgen zu machen. Der hatte gut reden! Er hatte ja nicht ins Ende und auf eine entlegene Insel voller Riesenpilze reisen müssen, um den bösen Enderman unschädlich zu machen. Auch seine Freundin Golina, sein bester Freund Kolle und dessen Freundin Marga hatten keinen besseren Vorschlag als „die Augen offenzuhalten". Genau diese Aufgabe blieb am Ende bei ihm, Primo, hängen.

Also verbrachte er seitdem etliche Stunden jeden Tag und jede Nacht in der Nähe der Kreisbahn und achtete darauf, dass sich niemand dem Gleisoval auf weniger als zehn Schritte näherte - kein Dorfbewohner, kein Monster, keines der zahllosen Hühner, die im Dorf herumflatterten, keine von Hakuns Kühen, Jargas Schafen oder Olums Fischen (nicht, dass er schon einmal einen Fisch auf der Wiese hätte herumplatschen sehen, aber man konnte ja nie wissen). Kurz, er hatte alle Hände voll damit zu tun, eine Katastrophe zu verhindern, von der die Frage nicht war, ob sie passieren würde, sondern nur, wann.

Und jetzt auch noch Ruuna! Primo mag die Hexe, wobei er nicht ganz sicher ist, ob trotz oder wegen ihrer oft seltsamen Einfälle. Deshalb hat er sich gefreut, dass sie mal wieder mit Willert aus ihrer Hütte im Wald zu Besuch kam. Aber nun geht sie ihm mit ihrem Genörgel auf die Nerven. Ist denn wirklich keiner außer ihm in der Lage, zu sehen, welche Gefahr nach wie vor von dem Enderman ausgeht?

„Er lässt mich nicht mit der Kreisbahn fahren!“, mault Ruuna, als Willert, Kolle, Margi und Golina zur Kreisbahn kommen.

„Ich hab’s dir doch schon erklärt, meine Fledermaus“, sagt Willert. „Das geht nun mal nicht, solange der Enderman da drin sitzt.“

„Aber das ist es ja: Ich finde, der hat langsam genug.“

„Das können wir nicht riskieren. Primo hat recht: Niemand darf mit der Bahn fahren.“

„Das ist gemein!“

„Ach, hier bist du schon wieder“, sagt Golina. Sie wirkt angespannt, als sei sie wegen irgendetwas unzufrieden. „Wir warten alle auf dich. Wir wollten doch den Kuchen essen, den ich gebacken habe.“

„Du siehst ja, was hier los ist“, erwidert Primo.

„Findest du nicht, dass deine Faszination für diese Kreisbahn ein bisschen übertrieben ist? Ich kann ja verstehen, dass ihr Jungs euch für Technik begeistert, aber den ganzen Tag nur vor diesem Ding zu stehen und ihm dabei zuzugucken, wie es im Kreis herum fährt, muss doch sterbenslangweilig sein.“

Primo schüttelt nur traurig den Kopf. Es hat einfach keinen Sinn. Niemand versteht seine Sorgen – nicht einmal Golina.

„Na, wenigstens bist du beschäftigt, während du hier spielst, und kommst nicht wieder auf dumme Gedanken“, sagt sie.

„Dumme Gedanken? Was für dumme Gedanken? Und außerdem spiele ich nicht! Ich versuche lediglich, eine schreckliche ...“

„Du weißt genau, was ich meine. Sobald man dich mal für fünf Minuten aus den Augen lässt, fängst du irgendein Abenteuer an und bringst dich in tödliche Gefahr.“

„Aber das ist es ja gerade. Ich versuche doch, zu verhindern, dass ...“

„Schwöre mir, dass du das nie wieder tust!“, verlangt sie.

„Dass ich was nie wieder tue?“

„Abenteuer erleben!“

„Wie soll ich das denn schwören?“

Golina zieht eine Schnute. „Dachte ich's mir doch! Du stehst hier rum und glotzt dieses blöde Kreisding an, statt dich um mich zu kümmern, und insgeheim planst du wahrscheinlich schon wieder einen Ausflug an irgendeinen unerreichbaren Ort voller schrecklicher Monster!“

„Tu ich überhaupt nicht!“

„Dann schwöre es!“

„Aber Golina, man kann doch nicht schwören, dass man keine Abenteuer erleben wird!“

„Aber andere können es doch auch! Guck dir Hakun an, oder Olum. Die sind noch nie losgezogen, um ein Abenteuer zu erleben.“

„Haben sie das denn geschworen?“

„Was? Weiß ich nicht. Ist mir doch egal, ob sie es geschworen haben. Ich will, dass du es mir schwörst!“ Plötzlich glänzen Tränen in ihren Augen. „Ich hab mir solche Sorgen um dich gemacht, als du auf dieser Pilzinsel warst. Niemand wusste, ob du noch lebst. Ich will das nie wieder erleben, nie wieder! Also entweder, du schwörst, dass du so etwas nie mehr machst, oder ...“

„Können wir jetzt endlich Kuchen essen, oder quatscht ihr beide da, bis die Sonne untergeht?“, unterbricht Ruuna sie.

Golina wirft der Hexe einen giftigen Blick zu, aber dann seufzt sie und sagt: „Na gut, komm!“

Primo blickt noch einmal sorgenvoll zu der Kreisbahn, bevor er ihr zum Haus ihrer Eltern folgt.

2. Ein Schwur mit Folgen

Der Kuchen, den Golina gebacken hat, ist ein wenig angebrannt und trocken, außerdem fehlt für Primos Geschmack etwas Zucker. Er hütet sich jedoch, zu meckern, sondern kaut brav auf seinem Stück herum, wobei er immer wieder flüchtige Blicke zur Haustür wirft, als könne er von hier aus sehen, ob sich jemand an der Kreisbahn zu schaffen macht. Nicht auszudenken, wenn irgendwer da draußen Unsinn treibt, während er hier sitzt und Kuchen isst ...

„Primo!“, klingt Golinas Stimme scharf. „Ich hab dich was gefragt!“

Er zuckt zusammen. „Was?“

„Ob es dir schmeckt!“

„Äh, ja.“

„‚Äh, ja?‘ Was soll denn das heißen?“

„Gut. Er schmeckt mir gut, dein Kuchen. Wirklich sehr lecker.“

Golina sieht ihn finster an, als wäre das die größte Beleidigung. „Das sagst du nur so!“, behauptet sie.

„Nein, nein, echt jetzt!“, widerspricht Primo. Kolle und Margi kommen ihm zu Hilfe, indem sie den Kuchen ebenfalls lautstark loben.

„Fast so gut wie mein streng geheimes Spezialrezept“, meint Ruuna.

Doch Golina ist offensichtlich noch nicht zufrieden. „Ich bin einfach eine schlechte Köchin“, seufzt sie.

„Überhaupt nicht!“, widersprechen alle.

„Außerdem, dass der Kuchen ein bisschen angebrannt ist, gibt ihm ein ganz besonderes Aroma!“, sagt Primo in dem etwas ungeschickten Versuch, sie aufzumuntern.

Golina macht große Augen. „Angebrannt? Der Kuchen ist angebrannt? Gerade hast du noch gesagt, er schmeckt dir!“

„Nur ... nur ein ganz kleines bisschen an den Ecken vielleicht“, stammelt Primo. „Das ist ja gerade das Gute daran!“

Jetzt sammeln sich Tränen in ihren Augen. „Das Gute daran ist, dass er verbrannt ist?“, ruft sie entgeistert. „Das ist doch wohl die Höhe! Ständig rennst du nur in der Welt herum und riskierst Kopf und Kragen oder spielst mit deiner Kreisbahn, und jetzt meckerst du auch noch über meinen Kuchen! Und wenn ich dich um einen kleinen Gefallen bitte, dann ist dir selbst das zu viel! Manchmal glaube ich, du liebst mich gar nicht wirklich!“ Sie springt auf und rennt aus dem Haus.

Alle sehen ihr betreten nach.

„Aber, ich ...“, beginnt Primo.

„Geh besser zu ihr, mein Sohn!“, rät ihm Porgo.

Verdattert folgt Primo dem Rat. Golina geht mit hängenden Schultern langsam die Dorfstraße entlang Richtung Kirche.

„Golina, warte doch!"

„Lass mich. Du willst mich bloß trösten."

Primo weiß nicht, was er darauf antworten soll. Also sagt er einfach: „Es tut mir leid." Damit ist man meistens auf der sicheren Seite.

„Schon gut."

„Was meintest du denn gerade mit dem Gefallen, den ich dir nicht tun will?"

„Das weißt du ganz genau."

„Wenn ich es wüsste, würde ich dich doch nicht fragen."

„Da sieht man mal wieder, wie du mir zuhörst."

„Kannst du mir bitte noch einmal sagen, was das für ein Gefallen war, den ich dir tun sollte?"

Golina seufzt lange und laut. „Na gut. Ich hatte dich gebeten, mir zu schwören, dass du nie wieder ein Abenteuer haben wirst."

„Das würde ich ja gerne", sagt Primo. „Aber was, wenn ich das gar nicht selbst entscheiden kann? Was, wenn andere mir ein Abenteuer aufzwingen?"

„Wer sollte das denn tun?"

„Ich weiß es nicht. Aber ich hab mir die Abenteuer, die ich bisher erlebt habe, doch auch nicht ausgesucht. Die sind einfach passiert."

„Dann hör eben auf damit, solche Sachen passieren zu lassen."

„Na schön. Also gut, ich mach's."

Golina bleibt stehen und wendet sich zu ihm um. „Das würdest du für mich tun? Du würdest es mir wirklich schwören?"

„Ja, na gut, von mir aus. Ich schwöre dir ... He! Olum! Kaus! Was macht ihr denn da!"

Primo lässt die verdutzte Golina auf der Straße stehen und rennt, so schnell er kann, zur Kreisbahn. Dort stehen der Fischer und der Bauer im Kreisoval links und rechts neben dem Hebel und gestikulieren wild mit den Händen.

„Und ich sage dir, sie kann es nicht", sagt Olum gerade.

„Kann sie doch!", widerspricht Kaus.

„Hände weg von dem Hebel!", brüllt Primo außer sich. „Was zum Nether macht ihr beide hier?"

„Der da behauptet, die Kreisbahn könne nicht andersherum fahren", sagt Kaus.

„Das stimmt ja auch", sagt Olum.

„Verschwindet, alle beide!", brüllt Primo. „Oder ich werfe euch eigenhändig in die Schlucht!" Um seiner Drohung mehr Gewicht zu verleihen, zieht er sein Eisenschwert.

„Jetzt reg dich mal nicht so auf!", sagt Kaus. „Wir führen hier bloß eine gepflegte Diskussion."

„Ja, und wir wollten nur gerade ein kleines Experiment machen."

„Und dabei wolltet ihr bloß mal eben den Hebel umlegen, richtig?"

„Ja, aber nur ganz kurz", gibt Olum zu. „Wir wollten bloß ausprobieren, ob die Bahn anders herum fährt, wenn man ihn in die andere Richtung klappt."

„Ich sage dir, was passiert wäre, wenn ihr das getan hättet", sagt Primo mit zitternder Stimme. „Die Bahn hätte angehalten, Artrax wäre befreit worden und hätte alle Knallschleicher und Nachtwandler in der ganzen Welt hierher beordert, um unser Dorf und alle Bewohner in die Luft zu sprengen."

„Du musst ja nicht gleich übertreiben!", sagt Olum, aber er macht doch sicherheitshalber einen Schritt weg von dem Hebel, was allerdings dazu führt, dass er beinahe von der rasenden Lore überfahren wird.

„Jetzt verschwindet von hier und wagt euch nie mehr auch nur in die Nähe der Kreisbahn!"

„Ja, ja, ist ja schon gut, beruhige dich, Primo!", sagt Olum.

„Ts, die Jugend von heute, keinen Respekt mehr vor den Älteren!", grummelt Kaus, während die beiden das Gleisoval verlassen.

Rasch kehrt Primo zu Golina zurück, die einsam auf der Dorfstraße steht und ihn entgeistert anblickt.

Die Sonne steht inzwischen tief und lässt ihr Gesicht aufleuchten, als bestünde es aus purem Gold. Ihm stockt der Atem, so schön sieht sie in diesem Moment aus.

„Es tut mir leid, Golina. Ich musste bloß ..."

„Schon gut", sagt sie. „Ich verstehe. Mit der Kreisbahn zu spielen ist nun mal wichtiger, als mir meine Herzenswünsche zu erfüllen."

„Ist es überhaupt nicht. Aber wenn ich gerade nicht eingegriffen hätte, dann wäre das Dorf vielleicht ein zweites Mal zerstört worden. Willst du das etwa?"

„Siehst du, genau das ist das Problem", sagt Golina, und Tränen kullern über ihre Wangen. „Immer denkst du, du musst das Dorf retten, und dann bringst du dich in Schwierigkeiten. Kannst du nicht endlich mal damit aufhören?"

Primo blickt sie geschockt an. Es ist doch nicht seine Schuld, wenn Olum und Kaus ... Doch dann begreift er, dass es im Grunde doch seine Schuld ist. Alles fing an, als er dem Fremden in den Wald gefolgt ist und Kolle und sich selbst in Lebensgefahr gebracht hat. Und dass Artrax dort in der Kreisbahn sitzt, ist auch nur dem Umstand zu verdanken, dass er das vermaledeite Drachenei ins Dorf brachte. Golina hat recht: Jedes Mal, wenn er versucht hat, alles gut zu machen, ist es bloß noch schlimmer geworden.

Vielleicht sollte er wirklich damit aufhören. Vielleicht sollte es ihm einfach egal sein, ob Olum oder Kaus oder eines von Jargas Schafen oder ein Knallschleicher den Hebel umlegt und Artrax befreit. Wenn nur Golina aufhören würde, zu weinen!

Er legt einen Arm um sie. „Also gut, ich höre damit auf", sagt er. „Ich schwöre es!"

Sie dreht sich zu ihm um und sieht ihn mit ihren strahlend blauen Augen an. „Du schwörst was?"

„Ich schwöre, dass ich nie wieder ein Abenteuer haben werde!"

Golinas Lippen heben sich zu einem wunderschönen, strahlenden Lächeln, gegen das die untergehende Sonne wie eine trübe Fackel wirkt. Dann küsst sie ihn, und die Welt scheint sich aufzulösen.

Plötzlich fühlt sich Primo schwerelos, so als durchschreite er ein Portal in eine andere Welt wie den Nether oder das Ende, nur dass diese Welt voller rosa Herzen zu sein scheint.

Nach einer Zeit, die eine Sekunde gewesen sein könnte oder ein ganzer Tag, löst sie sich von ihm.

„Das ... das war ... wunderschön!", sagt er atemlos. „Ich liebe dich, Golina! Ich ..."

„Wäääåh!", macht es neben ihm.

Erschrocken fährt Primo herum. Dort steht ein winzig kleiner Dorfbewohner und blickt zu ihm auf. „Babba!", sagt das Kind.

3. Vater werden ist nicht schwer ...

Primo starrt den Kleinen entgeistert an. „Wo kommst du auf einmal her?“, fragt er verdutzt. „Wie heißt du denn, mein Kleiner?“

„Babba!“, macht der Kleine und klammert sich an Primos Bein, was diesem ein bisschen unangenehm ist.

„Und wo sind deine Eltern, Babba?“

Golina kichert.

„Was denn?“, fragt Primo. „Kennst du das Kind etwa? Ich hab es noch nie zuvor im Dorf gesehen!“

„Natürlich nicht, du Dussel! Es ist doch gerade eben erst auf die Welt gekommen!“

„Gerade eben? Und wer sind dann seine Eltern?“

Golina rollt mit den Augen, als hätte Primo etwas unglaublich Dummes gesagt. „Wir natürlich!“

Primo starrt den Kleinen an, als wäre er ein rosafarbener Knallschleicher. „Wer? Was? Wo? Wieso? Weshalb? Warum?“

„Wir haben uns geküsst“, erklärt Golina amüsiert, „und dabei ist ein Kind entstanden. Das passiert eben manchmal.“

„Vom ... vom Küssen kriegt man Kinder?“, fragt Primo verdattert.

„Natürlich. Was dachtest du denn, wo die herkommen? Hast du geglaubt, sie reiten auf Hühnern ins Dorf?“

„Gabbl blabbl blabb!", macht der Kleine und nuckelt an Primos Kutte.

„Aber, ich ... ich ...", stammelt Primo, der immer noch völlig verwirrt ist.

Golinas Gesicht, das eben noch glücklich gestrahlt hat, verfinstert sich. „Jetzt sag bloß nicht, du freust dich nicht!"

„Äh, doch, doch, natürlich freue ich mich!", beeilt sich Primo zu versichern.

Golina nimmt den Kleinen auf den Arm und gibt ihm einen schmatzenden Kuss. „Ist er nicht süß?"

„Mamma!", macht das Kind begeistert und schmiegt sich glücklich an sie.

Plötzlich ertönt ein spitzer Aufschrei hinter den beiden. „Ein Kind! Ein Kind! Golina und Primo haben ein Kind gekriegt!", schreit Ruuna lauthals.

Ungefähr zehn Sekunden später sind die beiden von sämtlichen Dorfbewohnern umringt.

„Tatsächlich, das ist ein Kind", stellt Kaus scharfsinnig fest.

„Ach, du bist mal wieder ein richtiger Blitzmerker!", stichelt Hakun.

„Das ist mein Enkelsohn!", sagt Bendo, der vor Stolz strahlt, während er seine Tochter umarmt.

„Das hast du großartig gemacht, mein Sohn!" Porgo klopft Primo anerkennend auf die Schulter.

„Gemacht? Ich hab doch gar nichts gemacht", sagt Primo, der das Ganze immer noch nicht so richtig fassen kann.

Nacheinander gratulieren alle dem glücklichen Elternpaar, angefangen mit Kolle und Margi, gefolgt von Ruuna, Willert und dem ganzen Rest.

Magolus lässt es sich natürlich nicht nehmen, zur Feier dieses besonderen Ereignisses eine kleine Ansprache zu halten: „Liebe Gemeinde, wieder einmal hat Notch, unser Schöpfer, dieses Dorf dafür gesegnet, dass es so weise von seinem geistlichen Oberhaupt geführt wird, der stets darauf achtet, dass sich alle Bewohner an die Heiligen Gebote halten. Und so freuen wir uns mit Primo und Golina darüber, dass unser schönes Dorf nun einen Bewohner mehr hat als gewisse deutlich kleinere Siedlungen in der Umgebung."

„Aber ein bisschen seltsam ist es schon", sagt Birta. „Wo doch niemand gestorben ist."

Das führt augenblicklich zu einer angeregten Diskussion. Tatsächlich ist es, soweit sich irgendwer erinnern kann, noch nie vorgekommen, dass ein Kind geboren wurde, ohne dass vorher ein Bewohner starb.

„Vielleicht ist ja wer gestorben", mutmaßt Kaus.

„Ach ja? Wer denn, du Blödian?", fragt Olum.

„Selber Blödian! Woher soll ich das wissen?"

„Wo ist eigentlich Lausius?", fragt Bendo.

Ein Schreck durchfährt die Versammlung, als allen klar wird, dass der Alte nicht unter ihnen ist.

„Als ich ihn das letzte Mal gesehen habe, war er in der Bibliothek!", sagt Kolle. „Lasst uns schnell nachsehen!"

Angstvoll stürzen sie in Kolles Elternhaus. Primo fürchtet, dass der „Weise Mann bei den Pilzen", wie ihn die Endermen genannt haben, tot daliegen könnte. Doch stattdessen sitzt er putzmunter zwischen seinen Büchern und wundert sich über die ganze Aufregung. „Golina und Primo haben ein Kind bekommen? Toll. Und jetzt lasst mich bitte in Ruhe, ich habe zu tun!"

„Wie wollt ihr ihn denn eigentlich nennen?", fragt Ruuna, als sie sich in geselliger Runde in Golinas Elternhaus einfinden und zur Feier der Geburt die Reste von Golinas Kuchen vertilgen. „Also ich fände ja Tatzelfatz schön. Oder vielleicht Zipfelmütz?"

„Nein, nein, das ist viel zu kompliziert", sagt Golinas Vater. „Ihr müsst ihn Bendo nennen, so wie sein Großvater."

„Aber dann wissen wir doch gar nicht, wer gemeint ist, wenn jemand Bendo ruft", widerspricht Willert.

„Dann geben wir ihm eben einen Namenszusatz. Zum Beispiel Bendo, der Kleine. Und ich bin dann Bendo, der Große. Das wäre doch gut!"

„Bendo, der Große!", sagt Golinas Mutter Agia. „Das könnte dir so passen!"

„Vielleicht könntet ihr ihm einen der Namen geben, die die Fremden verwenden", schlägt Willert vor. „Wie wäre es zum Beispiel mit Karl? So hieß der Fremde, den ich vor langer Zeit getroffen habe. Das ist jedenfalls schön kurz."

„Karl? Was ist denn das bitte für ein blöder Name?", fragt Ruuna.

„Ich meine ja bloß."

„Wie wäre es, wenn wir mal die Eltern fragen würden, was sie sich gedacht haben", schlägt Agia vor.

„Gute Idee", stimmt Porgo zu. „Was denkst du, Primo? Wie wollt ihr euren Sohn nennen?"

Primo blickt verunsichert zu Golina.

Die zuckt nur mit den Schultern. „Ich weiß nicht genau", sagt sie. „Ich dachte vielleicht an Minus."

„Minus?", fragt Primo überrascht.

„Gefällt er dir nicht?"

„Ich weiß nicht ... das ist, äh, etwas ungewohnt."

„Ich kannte mal einen Minus", erinnert sich Bendo. „Der war ziemlich dumm. Ist in die Schlucht gefallen und wurde von Nachtwandlern gefressen."

Golina erschrickt sichtlich.

„Bendo!", schimpft ihre Mutter. „Wie kannst du so etwas sagen!"

„Ich mein ja bloß. Kann aber auch sein, dass der anders hieß. Malus oder Bonus oder so ähnlich. So genau weiß ich das nicht mehr.“

„Minus, das klingt so ähnlich wie Mina, die Katze“, gibt Margi zu bedenken.

Sie überlegen eine Weile hin und her, doch egal, welchen Namen einer der Freunde vorschlägt, sofort haben die anderen etwas daran auszusetzen.

Schließlich hat Primo eine Idee. „Warum fragen wir den Kleinen nicht einfach selbst?“, schlägt er vor. „Sag mal, Kleiner, wie möchtest du denn heißen?“

Primos Sohn sieht ihn mit großen Augen an. „Nano?“, macht er.

„Nano ...“, wiederholt Primo nachdenklich. „Gar nicht mal schlecht!“

„Das ist hübsch“, stimmt Golina zu und lächelt.

„Also, wenn niemand etwas dagegen hat, dann nennen wir ihn Nano!“, entscheidet Primo. „Und wenn doch, ist es mir auch egal.“ Er nimmt Golina seinen Sohn aus dem Arm und drückt ihn an sich. Es fühlt sich merkwürdig an, so ein kleines, lebendiges Wesen in seinem Arm zu halten.

„Nano!“, sagt Primo.

„Babba!“, macht der Kleine und legt seine kurzen Ärmchen um Primos Hals.

Primo wird auf einmal ganz warm ums Herz. Ein seltsames Gefühl ist es, plötzlich Vater zu sein. Seltsam, aber schön.

4. ... Vater sein dagegen sehr.

Die nächste Frage ist, wo die junge Familie nun wohnen soll.

„Bei uns im Wald natürlich!“, sagt Ruuna. „Da gibt es viel frische Luft und wundervolle Giftpilze, und ...“

„Kommt überhaupt nicht infrage!“, widerspricht Agia. „Das Kind braucht eine vernünftige Umgebung, damit es nicht auf dumme Gedanken kommt.“

„Was meinst du denn damit?“, fragt Ruuna beleidigt.

„Ich finde auch, dass er hier im Dorf aufwachsen sollte“, sagt Primo schnell. „So wie Golina und ich.“

„Na gut, wenn ihr meint“, erwidert die Hexe und schmollt.

„Ihr könnt hier bei uns wohnen“, schlägt Bendo vor.

„Wäre es nicht ein bisschen eng zu fünft in diesem Haus?“, fragt Porgo. „Drüben bei mir, da wären wir nur zu viert.“

„Ja, aber dein Haus ist kleiner als unseres!“

Golina und Primo sehen sich an. Beiden ist klar, dass Porgo und Golinas Eltern ihren Enkelsohn gern jeweils in ihrem Haus haben möchten. Aber allen kann man es nun mal nicht recht machen. Primo denkt eine Weile darüber nach, dann kommt ihm eine Idee. „Wie wäre es, wenn Golina zu mir in unser Haus zieht und du, Vater, ziehst dafür zu Bendo und Agia? Dann hätten wir alle genug Platz."

Porgo lacht. „Und ihr beide hättet ein Haus für euch allein und Ruhe vor den Großeltern! Ehrlich gesagt finde ich den Vorschlag nicht schlecht. Was denkt ihr, Bendo und Agia? Würdet ihr es mit mir aushalten?"

„Ich finde ja immer noch ...", grummelt Bendo, aber seine Frau überstimmt ihn einfach. „Aber natürlich, lieber Porgo. Du wärst uns herzlich willkommen."

So ist es beschlossen. Am nächsten Morgen statten Primo und Golina Primos Elternhaus mit einem kleinen Bettchen für Nano aus und entfernen alles, was nicht kindgerecht ist, wie zum Beispiel Schmiedehämmer, Äxte, Eisenbarren und ähnliches. Ruuna schenkt den beiden zum Einzug einen Topf mit herrlich roten Giftpilzen, den Primo rasch und unauffällig oben auf einem hohen Regal platziert.

Golina weist auf die große, schwarze Endertruhe neben Primos Bett. „Was ist damit? Besonders hübsch ist sie nicht. Wollen wir die nicht auch lieber rausbringen?"

Primo erinnert sich daran, wie die Endermen die Dinge in die Truhe gelegt haben, die er brauchte, um ins Ende zu gehen und das Drachenei an seinen Bestimmungsort zurückzubringen.

„Die Endertruhe? Nein. Sie ist sehr schwer. Ich weiß nicht, ob man die überhaupt transportieren kann. Außerdem weiß man nie, vielleicht brauchen wir sie noch einmal. Und wertvoll ist sie bestimmt auch."

Golina rümpft die Nase, sagt aber nichts weiter.

Nachdem das neue Heim vorbereitet ist, versammeln sich alle in der Kirche, um dem kleinen Nano offiziell seinen Namen zu verleihen. Primo und Golina dürfen heute ausnahmsweise ganz vorn direkt vor dem Priester stehen, der in einer Hand einen Glaskolben mit „Heiligem Wasser" hält, das er vorher aus dem Fluss abgefüllt hat.

„Im Namen Notchs, unseres Schöpfers, und in meiner Weisheit und Güte als Oberster Hohepriester von Allen ..."

„Bla, bla, bla, ...", macht Nano, den Primo auf dem Arm hält. Einige Dorfbewohner kichern.

„Psst!", zischt Birta, die neben Magolus steht, und wirft Primo einen bösen Blick zu.

„Also, wie ich schon sagte", fährt der Priester fort, „in meiner Weisheit und Güte ..."

„Blabbl blabbl bla!", gluckst Nano vergnügt.

„... als Oberster Hohepriester von Allen ..."

„Ga! Gaga!"

„... taufe ich dich hiermit auf den Namen ‚Nano'!"

Magolus gießt etwas Wasser über den Kopf des Kleinen, was dieser mit einem schrecklichen Gebrüll quittiert. Es gelingt Primo und Golina kaum, ihn zu beruhigen.

„Ist wohl etwas wasserscheu, der Kleine", kommentiert Porgo, als sie kurz darauf aus der Kirche kommen.

„Ganz der Vater!", behauptet Kolle.

„Was? Ich bin doch nicht wasserscheu!"

„Nein, aber du hast Magolus' Predigt auch immer gestört", sagt Porgo. Alle lachen.

Die nächsten Tage werden ziemlich anstrengend für Primo, denn der Kleine erweist sich als äußerst neugierig. Er klettert unter das Bett und auf den Tisch, versucht, in den Ofen zu kriechen, in dem Golina ein Brot backt, jagt Hühner quer durchs Dorf und ist nur mit Mühe davon abzuhalten, im Fluss zu ertrinken, auf Nimmerwiedersehen in der Höhle unter dem Dorf zu verschwinden oder in die Schlucht zu stürzen. Sobald man ihn auch nur für eine Sekunde aus den Augen lässt, rast er auf seinen winzigen Beinchen davon, um sich irgendwo in Gefahr zu bringen.

Ganz besonders die Kreisbahn hat es dem Kleinen angetan. Sobald er sie sieht, will er hinlaufen und mitfahren. Primo hält ihn am Arm fest und versucht, ihm zu erklären, dass die Bahn gefährlich ist.

„Fäli?", fragt Nano.

„Ja, die Kreisbahn ist gefährlich!"

„Eibah! Nano Eibah pielen!"

„Nein, du kannst nicht mit der Kreisbahn spielen!“, stöhnt Primo. „Wie gesagt, die Kreisbahn ist gefährlich!“

„Eibah fäli! Nano Eibah pielen!“

Primo seufzt und zerrt den Kleinen davon.

Alle Dorfbewohner finden Nano entzückend und spielen gern mit ihm. Nur Primo ist bald mit den Nerven am Ende. Nicht nur die Tage sind kräftezehrend, auch die Nächte fordern ihm einiges ab. Mehrmals in der Nacht wacht der Kleine schreiend auf und muss gefüttert werden. Wenn er keinen Hunger hat, will er, dass Primo mit ihm spielt.

„Ich hab nicht gewusst, dass Kinder so anstrengend sind“, sagt Primo eines Abends zu Golina, als der Kleine endlich friedlich in seinem Bettchen schläft.

Sie lächelt. „Da siehst du, wie es ist, wenn man sich um jemanden sorgt.“

Am nächsten Morgen macht Golina mit Margi einen Ausritt, und es liegt wieder einmal bei Primo, den Kleinen zu hüten. Nach einer viel zu kurzen Nacht wünscht er sich nichts mehr, als nur einmal für eine halbe Stunde ohne die Verantwortung eines Vaters zu sein. Einmal ein normales Gespräch unter Erwachsenen führen, ohne dass ständig die kleine Nervensäge im Mittelpunkt steht, das wäre herrlich!

Ihm kommt eine Idee. Er geht zu Asimov, dem Golem.

„Kannst du mal einen Moment auf Nano aufpassen?"

„Das kommt darauf an, was du unter Aufpassen verstehst", erwidert Asimov mürrisch.

„Du bleibst einfach in seiner Nähe und achtest darauf, dass er nicht in die Schlucht fällt oder in den Fluss oder in einen Ofen klettert oder so."

„Ich übernehme aber keinerlei Garantie", sagt der Golem.

„Nano Gogo pielen!", ruft der Kleine entzückt und versucht, an Asimovs langem Eisenarm hochzuklettern. Mina, die Katze, die wie immer auf Asimovs Kopf ruht, faucht erschrocken.

„Du schaffst das schon. Ich bin gleich zurück." Damit lässt Primo die beiden allein.

„Primo!", sagt Kolle, als dieser seinen Freund in der Bibliothek besucht, wo Lausius und Kolles Vater in einer Ecke sitzen und über irgendwelche alten Schriften diskutieren. „Was machst du denn hier? Solltest du nicht auf Nano aufpassen?"

„Den hab ich für einen Augenblick bei Asimov gelassen. Ich brauch' mal 'ne Pause!"

„Meinst du, das ist eine gute Idee?", fragt Kolle skeptisch. „Weiß Golina davon?"

„Nein. Aber sie hat mir gesagt, ich soll mir nicht immer um alles Gedanken machen und nicht ständig glauben, ich sei für das Abwenden aller Gefahren allein zuständig. Also mache ich jetzt nur, was sie von mir wollte."

„Wie du meinst."

Die beiden unterhalten sich angeregt über die Abenteuer, die sie gemeinsam bestanden haben. Dabei vergisst Primo völlig die Zeit.

„Weißt du noch, wie wir den Zombie-Pigmen Fuß-Ei beigebracht haben?", fragt Primo gerade, als plötzlich ein schriller Schrei durch das ganze Dorf gellt: „Was zum Nether machst du da mit Nano?!?"

Erschrocken rennt Primo aus der Bibliothek. Was er sieht, lässt ihn vor Schreck erstarren: Asimov, der Golem, schleudert seinen Sohn hoch durch die Luft wie einen angreifenden Nachtwandler! Wie ein Stein fällt der Junge jedes Mal herab, nur um im nächsten Augenblick erneut emporgeschleudert zu werden, höher als die Spitze des Kirchturms.

„Um Notchs Willen, Asimov!", brüllt Primo. „Hör sofort damit auf!" Er rennt zu dem Golem und Golina, die mit verschränkten Armen und zornrotem Kopf vor Asimov steht.

Der Golem fängt den kleinen Körper auf und setzt ihn sanft auf den Boden. Für eine Sekunde befürchtet Primo, die grobe Behandlung könnte seinem Sohn geschadet haben. Doch Nano scheint es gut zu gehen. Anstatt zu seinen Eltern zu laufen, versucht er, wieder auf die Arme des Golems zu klettern.

„Nommal! Nommal!", ruft er und gluckst vor Begeisterung. „Nano Gogo pielen! Nommal!"

„Kannst du mir vielleicht erklären, wieso der Golem unseren Sohn in der Luft herumwirft wie einen Schädel bei eurem dämlichen Fußdingsda?", sagt Golina. Ihre Augen scheinen vor Zorn Funken zu sprühen.

„Ich ... äh, also ... ich dachte ... eigentlich sollte Asimov bloß ganz kurz auf ihn aufpassen."

„Aha. Soweit ich mich erinnere, hatten wir ausgemacht, dass du auf Nano aufpasst und nicht Asimov!"

„Ja, schon, aber ... aber ich dachte ...", stammelt Primo kleinlaut. Er versucht, Golinas Zorn von sich abzulenken. „Ich hatte dir doch klar gesagt, du sollst vorsichtig sein, Asimov!", schimpft er. „Du solltest aufpassen, dass er nicht in die Schlucht fällt. Ich habe nichts davon gesagt, dass du ihn durch die Luft schleudern sollst."

„Aber es hat ihm doch Spaß gemacht!", sagt Asimov mit beleidigter Stimme. „Und wenn ich ihn in der Luft herumwerfe, kann ich am besten aufpassen, dass er nirgendwo reinfällt."

„Nie wieder näherst du dich meinem Kind, hörst du?", ruft Golina. „Nie wieder, du Grobian!" Dann dreht sie sich um und zeigt auf Primo. „Wir beide sprechen uns noch!" Damit stapft sie wütend nach Hause, den weinenden Nano hinter sich herziehend.

5. In der Nacht

Alles ist ruhig im Dorf. Der fahle Mond steht hoch am Himmel und beleuchtet die stille Dorfstraße. In der Nähe stöhnen ein paar Nachtwandler, doch keiner von ihnen wagt sich in die Nähe der Häuser - sie haben in der Vergangenheit gelernt, dass sie sich besser fernhalten, wenn sie es nicht mit Kolle, Asimov oder einem der anderen wehrhaften Dorfbewohner zu tun bekommen wollen.

Der Golem steht reglos am Rand der Schlucht und wacht mit seinen rot leuchtenden Augen über den friedlichen Schlummer seiner Schützlinge. Nicht weit von ihm rast die Kreisbahn mit ihrem einen, schattenhaften Passagier ohne Unterlass um das Oval aus Gleisen herum wie der Zeiger einer viel zu schnell laufenden Uhr.

Plötzlich bewegt sich etwas in den Schatten auf der Dorfstraße. Lautlos huscht eine Gestalt in Richtung des Gleisovals, beobachtet es eine Weile wie hypnotisiert. Der Golem seinerseits mustert die Gestalt, die hier um diese Zeit nichts zu suchen hat. Soll er eingreifen? Seine jüngsten Erfahrungen sprechen eher dagegen. Gerade heute ist er heftig ausgeschimpft worden, weil er versucht hatte, dem jüngsten Dorfbewohner Spaß zu bereiten und ihn vor allen Gefahren zu bewahren.

Hier im Dorf gilt für Golems nach wie vor: Was man macht, macht man falsch. Da ist es besser, man hält sich aus allem raus, solange man keinen ausdrücklich anders lautenden Befehl bekommt. Also bleibt Asimov stumm stehen und beobachtet, und alles, was er sieht, wird in den unergründlichen Windungen seines metallischen Gehirns abgespeichert, für immer unvergessen.

Die Gestalt huscht nun über die Gleise. Sie steht jetzt direkt neben dem Hebel, der die Bahn steuert und dessentwegen sich Primo in letzter Zeit solche Sorgen gemacht hat. Langsam streckt sie einen Arm nach dem Hebel aus.

Der Golem könnte jetzt vielleicht den Atem anhalten, aber das würde wenig nützen, denn er atmet ja nicht. Also schaut er einfach nur zu.

Die Gestalt legt den Hebel um. Die glühenden Spuren auf dem Boden verschwinden, so dass die Kreisbahn plötzlich nur noch im schwachen Mondlicht erkennbar ist, von den leuchtenden Augen ihres Insassen abgesehen. Die Drehungen der Bahn werden langsamer, schließlich bleibt sie stehen.

Die schwarze Gestalt in der Bahn sieht sich langsam um, als können sie nicht so recht begreifen, was geschehen ist. Sie steigt aus der Lore aus, schwankt auf ihren dürren Beinen, die von vielen Tagen endlosen Kreisfahrens wackelig sind. Plötzlich krümmt sie sich, beugt sich vorn über und erbricht einen dicken

Schwall violett leuchtenden Schleims auf den Boden neben den Gleisen. Langsam richtet sie sich wieder auf, dann verschwindet sie plötzlich. Nur eine Wolke tanzender Funken bleibt von ihr zurück, die sich nach und nach auflöst.

Der Golem wendet den Blick ab. Klar, dass das am Ende wieder irgendwie alles seine Schuld sein wird. Aber das ist nun mal nicht zu ändern. Am liebsten würde er mit den Schultern zucken, aber sein starrer Metallkörper ist für solche äußerlichen Gefühlsregungen nicht ausgelegt. Also bleibt er einfach reglos stehen und beobachtet mit seinen leuchtenden Augen weiter die Nacht.

6. Böses Erwachen

„Wo ist Nano?“, fragt Golina.

Primo streckt sich. Er hat endlich mal eine Nacht so richtig schön durchgeschlafen. „Ach, diese Ruhe!“ sagt er. „Herrlich!“

„Wo ist Nano?“, fragt Golina erneut.

„Was?“

„Er ist nicht in seinem Bettchen!“

„Du kennst ihn doch, mein Schatz!“, beruhigt Primo sie. „Bestimmt versteckt er sich unter dem Bett.“

Doch dort ist der Kleine nicht, und auch nirgendwo sonst im Haus ist er zu finden. Besorgt treten Primo und Golina vor die Tür und sehen sich um. Die Sonne geht gerade auf und taucht das Dorf in goldenes Licht. Die ersten Dorfbewohner verlassen ihre Häuser, um ihr Tagewerk zu beginnen. Aus der Kirche dringt noch das laute, regelmäßige Schnarchen des Priesters.

„Nano!“, ruft Primo. „Nano, komm zu Papa!“

Keine Reaktion.

Ein ungutes Gefühl macht sich in Primos Magen breit. Zunächst langsam, dann immer schneller läuft er in Richtung der Kreisbahn. In den letzten Tagen hat er kaum noch an Artrax gedacht, so sehr war er mit seinem Sohn beschäftigt. Doch jetzt wird ihm mit umso größerer Deutlichkeit bewusst, dass die ganze Zeit eine schreckliche Gefahr in ihrer Mitte lauerte.

Seine schlimmsten Befürchtungen werden wahr, als er schließlich die Kreisbahn erreicht. Die Lore steht reglos da, leer. Die normalerweise glimmenden Spuren aus Redstone-Staub liegen kalt und tot im Morgenlicht. Irgendjemand hat sich in der Nacht an dem Hebel zu schaffen gemacht und die Bahn angehalten. Und Primo ahnt, wer dieser Jemand gewesen ist.

Fassungslos steht er da, unfähig, etwas zu sagen oder einen klaren Gedanken zu fassen. Schließlich sackt er auf die Knie, den Namen seines Sohnes auf den Lippen: „Nano!"

Golina kommt zu ihm gelaufen. „Was ist? Hast du ihn gefunden?" Dann erst sieht sie die stillgelegte Kreisbahn. „Oh Nein!", entfährt es ihr. „Oh, bei Notch, bitte nicht!"

„Ich hab es ja gewusst", sagt Primo leise. „Ich hab es die ganze Zeit gewusst. Es hat nicht gereicht, dass wir Artrax gefangen haben. Wir hätten sicherstellen müssen, dass er nie wieder befreit werden kann. Wir hätten eine Mauer um die Kreisbahn bauen müssen, oder noch besser, sie unter einem großen Berg von Stein und Erde verschütten, so dass nie wieder jemand an diesen vermaledeiten Hebel kommt. Doch nun ist es zu spät."

„Komm, lass uns weitersuchen", sagt Golina.

„Weitersuchen?", fragt Primo verständnislos.

„Nano!“, sagt Golina. „Wir müssen ihn doch suchen!“

„Aber wozu? Es ist doch offensichtlich, was passiert ist: Er hat sich irgendwie nachts aus dem Haus geschlichen und ist hierhergekommen. Er wollte immer mit der Kreisbahn fahren. ‚Eibahn pielen‘, hat er andauernd gesagt. Ich hab versucht, ihm zu erklären, dass das gefährlich ist, aber das hat er nicht verstanden. Er war ja noch so klein!“ Primo muss plötzlich weinen.

„Er hat den Hebel umgelegt“, fährt er fort, nachdem er sich etwas beruhigt hat. „Die Bahn hat angehalten, und Artrax wurde befreit. Zum Dank hat er unseren Sohn mitgenommen, um sich an mir zu rächen!“ Wieder bricht er in Tränen aus.

„Vielleicht war es so“, sagt Golina, und Primo wundert sich darüber, dass ihre Stimme so fest ist. „Vielleicht auch nicht. Wir wissen es nicht. Ich weiß nur eins: Wenn es wirklich so war, und wenn Nano auch nur ein bisschen so ist wie du, dann wird sich Artrax wahrscheinlich bald wünschen, er hätte ihn niemals entführt. Auf jeden Fall dürfen wir die Hoffnung nicht aufgeben! Solange wir nicht wissen, was mit unserem Sohn passiert ist, werden wir nach ihm suchen!“

Halb, um Golinas Hoffnung nicht zunichte zu machen, halb, weil ihm auch nichts Besseres einfällt, sucht er gemeinsam mit ihr weiter. Bald bekommen auch die anderen Dorfbewohner mit, was passiert ist, und helfen beim Suchen. Sogar Magolus und Birta machen mit. Sie suchen auf der Spitze des Kirchturms, auf den Wiesen rings um das Dorf, in den Getreidefeldern, am Flussufer. Jedes Haus wird durchkämmt, jeder Winkel abgesucht, sogar am Grund der Schlucht.

Schließlich unternehmen Kolle, Porgo und Primo eine Erkundungsexpedition in die Höhle unter dem Dorf, während Ruuna und Willert im Wald suchen und Golina und Margi mit den Pferden kreuz und quer über die Ebene im Osten und die angrenzenden Berghänge reiten. Doch am Abend kehren alle ohne Neuigkeiten wieder zurück. Nano bleibt spurlos verschwunden.

„Ich fürchte, wir müssen der Tatsache ins Auge sehen, dass Notch unser Herr den kleinen Nano sehr früh wieder zu sich gerufen hat“, sagt Magolus.

„Nein!“, widerspricht ihm Golina energisch. „Nano ist nicht tot. Eine Mutter fühlt so etwas!“

Primo horcht in sich hinein. Kann er auch etwas spüren, irgendeine geheimnisvolle Verbindung? Nein, da ist nichts. Was immer Golina zu empfinden glaubt, ist wohl nur eine Illusion. Doch er bringt es nicht über sich, ihr das zu sagen.

In der Nacht kann er nicht schlafen. Heute Morgen beim Aufwachen erschien ihm die plötzliche Stille noch angenehm, doch nun lastet sie drückend auf dem Haus. Kein glucksendes Lachen mehr, kein Plärren, weil der Kleine Hunger hat. Kein „Nano will pielen!"

Am nächsten Morgen fasst Primo einen Entschluss.

„Oh nein!" Golina schüttelt heftig den Kopf. „Das kommt überhaupt nicht infrage!"

„Aber es ist die einzige Möglichkeit! Wenn es einen Weg gibt, unseren Sohn zu retten, dann nur so."

„Das weißt du überhaupt nicht."

„Ich weiß jedenfalls nicht, was ich sonst machen soll."

„Was auch immer du tust, du wirst nicht wieder allein losziehen und dich in Gefahr bringen!"

„Aber es ist die einzige Möglichkeit!"

„Du hast es mir geschworen, Primo!"

Er nickt. „Ja, ich weiß."

Sie schweigen beide eine Weile.

„Wir hatten Nano erst ein paar Tage", sagt Primo schließlich. „Aber ich weiß nicht, ob ich ohne ihn jemals wieder glücklich werden kann."

Golina nickt. „Mir geht es genauso. Trotzdem kann ich nicht zulassen, dass du schon wieder dein Leben riskierst. Ich will dich nicht auch noch verlieren!"

„Aber was soll ich denn bloß machen? Ich kann doch nicht den ganzen Tag nur hier rumsitzen, während Nano vielleicht irgendwo in Gefahr ist und meine Hilfe braucht!"

„Wir suchen noch einmal alles ab“, entscheidet Golina. Und das tun sie, doch Primos Sohn bleibt verschwunden.

Niedergeschlagen geht Primo zu seinem besten Freund.

„Ich brauche deine Hilfe, Kolle“, sagt er.

„Natürlich, jederzeit. Was kann ich für dich tun?“

Primo erzählt es ihm.

„Oh nein, das kannst du nicht machen!“, sagt Kolle. „Das wird sie dir nie verzeihen!“

„Vielleicht. Aber mir bleibt nichts anderes übrig.“

„Was heckt ihr beide da schon wieder aus?“, fragt Margi, die in diesem Moment in die Bibliothek kommt.

„Nichts“, sagt Kolle. „Gar nichts.“

„Wir haben bloß ein bisschen geplaudert“, bestätigt Primo.

„Dein Sohn ist verschwunden, und du hast nichts Besseres zu tun als zu plaudern?“, fragt Margi.

Primo senkt den Blick und schweigt.

„Ah, verstehe!“, sagt Margi. „Ihr habt also doch etwas ausgeheckt! Primo hat irgendwas vor, um seinen Sohn zu retten.“

„Wie kommst du denn darauf?“, fragen Kolle und Primo gleichzeitig.

„Aber Golina darf davon nichts wissen, weil sie es nicht erlauben würde, hab ich recht?“, kombiniert

Margi. „Also will sich Primo heute Nacht heimlich davonschleichen, und du Kolle, willst ihn begleiten."

„Du ... du wirst uns doch nicht verraten?", fragt Primo ängstlich.

„Verraten?" Margi zieht eine Augenbraue hoch. „Nein. Ich werde mit Golina reden."

„Reden? Was meinst du damit?"

„Sie hat mir von diesem albernen Schwur erzählt. Das war eine dumme Idee. Du bist nun mal ein Abenteurer, Primo. Es ist das, was du am besten kannst. Und jetzt, wo dein Sohn verschwunden ist, kann niemand von dir verlangen, dass du bloß tatenlos zuhause rumsitzt. Nicht einmal Golina." Damit verlässt Margi die Bibliothek.

Kurz darauf kommt sie mit Golina zurück, deren Gesicht tränenüberströmt ist. „Stimmt das, Primo? Du wolltest heimlich aufbrechen und Nano suchen?"

Primo senkt den Kopf. „Ja, das wollte ich. Ich weiß nicht, was ich sonst machen soll."

„Und wo wärst du hingegangen?"

„Ins Ende."

„Ins ... ins Ende? Aber daraus gibt es kein Zurück!"

„Ich bin schon einmal daraus zurückgekehrt. Vielleicht gelingt es mir ein zweites Mal. Das Ende ist der einzige Ort, an dem Nano sein kann. Es ist die Heimat der Endermen. Artrax ist bestimmt dort. Wer weiß, vielleicht ist er bereit, Nano zurückzubringen, wenn er dafür mein Leben haben kann."

„Aber ich will nicht, dass du dein Leben gegen das von Nano eintauschst!", ruft Golina. Sie wirft sich ihm an den Hals und drückt ihn ganz fest, während Tränen über ihr Gesicht laufen.

„Nun mal langsam!", sagt Margi. „Wir wissen nicht, ob Artrax überhaupt dort ist, und ob er den Jungen bei sich hat. Alles, was wir wissen, ist, dass Primo ziemlich gut darin ist, sich in Schwierigkeiten zu bringen und irgendwie heile wieder da raus zu kommen. Und wir wissen, dass die Endermen unsere Freunde sind, seit Primo das Drachenei zurückgebracht hat, von Artrax mal abgesehen. Seine Singularität wird Primo bestimmt helfen. Vielleicht weiß er sogar, wo Nano ist."

„Ich finde, Margi hat recht, Golina", sagt Kolle. „Primo hat schon so viel Unsinn gema... ich meine, Abenteuer überstanden, da kommt es auf eins mehr oder weniger auch nicht an, oder?"

Golina schüttelt langsam den Kopf. „Also gut. Ich entbinde dich von deinem Schwur. Dieses eine Mal. Für unseren Sohn."

„Danke, Golina!", sagt Primo, nimmt sie in den Arm und küsst sie lange.

7. Zurück ins Ende

Sie brechen noch am selben Tag auf. Die nötige Ausrüstung - Schwert, Rüstung, Axt und Spitzhacke aus Eisen sowie etwas Proviant - ist schnell zusammengetragen. Sie beschließen, dass Kolle und Porgo Primo zu der unterirdischen Festung begleiten, während die anderen im Dorf bleiben, weiter nach Nano suchen und sich auf die Möglichkeit vorbereiten, dass Artrax einen neuen Angriff auf das Dorf unternehmen könnte.

Nach einem tränenreichen Abschied von Golina machen sich die drei auf den Weg, überqueren die Ebene im Osten, den Wald im Südosten und erreichen bei Sonnenuntergang ein Gebirge. Sie übernachten in einer Behelfsunterkunft und setzen den Weg bei Sonnenaufgang fort. Nachdem sie den Meeresarm auf der anderen Seite des Gebirges durchquert haben, folgen sie der Küstenlinie bis zu der Stelle, wo tief unter einer natürlichen Höhle die Festung mit dem Endportal verborgen ist.

Bis hierhin verlief die Reise ereignislos. Da keinem der drei nach Plaudern zumute war, schwiegen sie die meiste Zeit. Jetzt, wo sie ihr Ziel fast erreicht haben, befällt sie eine tiefe Beklemmung.

„Was, wenn du dich täuschst?“, fragt Kolle. „Was, wenn es für dich keinen Weg zurück gibt?“

„Ich muss es riskieren", sagt Primo, obwohl ihm bei dem Gedanken, für immer an dem düsteren Ort mit dem schwarzen Himmel gefangen zu sein, die Knie schlottern.

„Wir könnten einfach umkehren", schlägt Porgo vor. „Niemand würde dir einen Vorwurf machen, im Gegenteil!"

„Nein, das kommt nicht infrage!"

Sie steigen die Treppe hinunter, die Primo und Kolle bei ihrem ersten Besuch angelegt haben. Im Inneren der unterirdischen Festung treffen sie auf zwei Nachtwandler, einen Knallschleicher und ein Skelett, mit denen sie jedoch problemlos fertig werden. Als sie den Raum mit dem Portal erreichen, werden sie von ein paar Silberfischen angegriffen, deren Zahl immer mehr zunimmt, bis Porgo einige Fackeln um den Käfig herum platziert, in dem ein winziges Exemplar dieser Biester rotiert.

Bald ist auch diese letzte Gefahr überwunden. Jetzt trennt Primo vom Ende nur noch ein Sprung in die wabernde, dunkle Oberfläche des Portals. Insgeheim hat er gehofft, dass vielleicht ein Enderman auf ihn warten würde, so wie beim letzten Mal. Doch es ist keiner da.

„Tu es nicht!", fleht Kolle. „Ich habe ein ziemlich ungutes Gefühl bei der Sache!"

Das hat Primo auch. Aber würde er es sich jemals verzeihen können, wenn er jetzt kneift?

„Was denkst du, Vater?“

„Es ist deine Entscheidung, Primo“, sagt Porgo. „Ich kann sie dir nicht abnehmen. Ich will dich nicht verlieren, genauso wenig, wie du Nano verlieren willst. Möchte ich, dass du in das Portal springst und vielleicht nie wieder daraus zurückkehrst? Nein, das möchte ich ganz bestimmt nicht. Aber würde ich es an deiner Stelle tun? Ja, das würde ich. Es gibt nichts, was ich nicht für dich tun würde, mein Sohn.“

Bei diesen Worten schnürt sich Primo die Kehle zu, und seine Augen füllen sich mit Tränen. Er umarmt seinen Vater und Kolle ein letztes Mal. „Danke, dass ihr mich bis hierher begleitet habt!“

„Viel Glück, mein Sohn!“, sagt Porgo mit rauer Stimme. „Möge Notch mit dir sein!“

„Pass auf dich auf!“, sagt Kolle. „Und wenn du Artrax triffst, verpass ihm eine von mir, okay?“

„Mach ich“, sagt Primo. Ehe er es sich noch einmal anders überlegen kann, steigt er die Stufen zu dem Portal hinauf und springt hinein.

Die unterirdische Festung löst sich in wabernden, schwarzen Nebeln auf. Primo hat das Gefühl, endlos zu fallen. Er will vor Entsetzen aufschreien, aber es ist, als hätte er gar keinen Mund mehr.

Nach einer Weile sieht er vor sich einen schmutziggrauen Fleck, der rasch größer wird. Dünne, schwarze Säulen mit leuchtenden Kristallen an den Spitzen recken sich ihm entgegen. Zahllose Endermen blicken mit glühenden Augen zu ihm auf. Dann steht er plötzlich in ihrer Mitte.

Die Endermen treten zur Seite, um ihren Anführer durchzulassen.

„Du hast Mut, Sterblicher, ein zweites Mal den Weg hierher zu wagen“, sagt Seine Singularität. „Doch ich muss dich leider enttäuschen. Die, die du suchst, sind nicht hier.“

„Ich, äh ... was?“ Primo hat das Gefühl, dass der Boden unter ihm wegsackt. „Artrax ist nicht hier?“

„Nein, $A=R_t(r)*a^x$ ist nicht bei uns. Er weiß, dass er hier nicht willkommen ist.“

„Aber ... wo ist er dann?“

„Das wissen wir nicht. Er verbirgt sich vor uns.“

„Und mein Sohn? Könnt ihr sehen, wo Nano ist?“

„Leider nicht. Wir haben eine Verbindung zu dir und deiner Freundin, aber nicht zu eurem Kind.“

„Dann ... dann war alles umsonst!“, sagt Primo niedergeschlagen.

Das Rauschen ledriger Schwingen lässt ihn aufblicken. Der Enderdrache jagt dicht über ihn hinweg. Es ist ein majestätischer Anblick, wie die lange, schwarze Gestalt elegant durch den pechschwarzen Himmel gleitet. Ihr Kopf dreht sich, und mit seinen violett leuchtenden Augen scheint der Drache Primo herausfordernd anzusehen.

„Ich ... ich nehme an, es gibt keine Möglichkeit für mich, zurück in die Oberwelt zu gelangen?“, fragt Primo.

„Du meinst, ohne dass du den Enderdrachen tötest?“

„Ja.“

„Ich fürchte, die gibt es nicht. Aber keine Angst, du kannst bei uns bleiben. Wir haben hier zwar nichts zu essen, aber ich werde Golina einen Traum senden, so dass sie dir regelmäßig Nahrung durch das Portal werfen kann. Auf diese Weise kannst du hier bei uns leben, ohne zu verhungern. Wir werden dich in die Geheimnisse der Mathematik einführen: Algebra, Analysis, Geometrie, Zahlentheorie, Mengenlehre ... Kannst du dir etwas Schöneres vorstellen, als jeden Tag von morgens bis abends Mathematikunterricht zu bekommen?“

„Äh, ehrlich gesagt ja“, sagt Primo. Verzweifelt überlegt er, was er tun soll. Er betrachtet den Enderdrachen, der hoch oben über den Säulen seine Kreise zieht. Die einzige Möglichkeit, zu Golina zurückzukehren, wäre es, ihn zu töten. Aber das ist unmöglich! Er hat nicht einmal die geeignete Ausrüstung. Und selbst, wenn er es könnte, Primo widerstrebt es zutiefst, ein so wundervolles Geschöpf kaltblütig umzubringen.

„Nun, ich bedaure es, dass dir die Vorstellung, den Rest deines Lebens hier bei uns zu verbringen, nicht zusagt, Primo", sagt Seine Singularität. „Aber etwas anderes können wir dir nicht anbieten."

Primo lässt den Kopf hängen. „Ich verstehe. Danke, dass ihr bereit seid, mich bei euch aufzunehmen." Er blickt sich um. Außer den grüngrauen Blöcken, aus denen die Ebene besteht, und den schwarzen Säulen mit ihren leuchtenden Kristallen gibt es nicht viel zu sehen. Kein Wunder, dass den Endermen derart langweilig ist, dass sie den ganzen Tag bloß über Zahlen nachdenken.

Sein Blick bleibt an einem schwarzen Block hängen, der in der Nähe einer der Säulen steht. Es ist eine Truhe, die genauso aussieht wie die, die neben seinem Bett steht. Die Endermen haben die Dinge, die er brauchte, um das erste Mal hierher zu gelangen, in diese Truhe gelegt, und Primo konnte sie aus der Endertruhe in der Oberwelt herausnehmen. Aber das bedeutet ... die Truhe ist eine Verbindung zur Oberwelt!

„Eure Singularität, ich habe da mal eine Frage", sagt er. „Was wäre, wenn ich dort in die Truhe steige und ihr schließt den Deckel über mir? Angenommen, Golina öffnet die Truhe in der Oberwelt - müsste sie mich dann nicht darin finden?"

Es ist nicht einfach, den Gesichtsausdruck eines Endermans zu deuten, aber Seine Singularität scheint auf einmal sehr nachdenklich zu sein. „Hmmm", sagt er nach einer Weile. „Es ist noch nie versucht worden, etwas Lebendiges in eine Endertruhe zu legen. Es ist sehr gut möglich, sogar wahrscheinlich, dass du das nicht überleben würdest. Wenn die Endertruhe geschlossen ist, dann bist du an keinem bestimmten Ort. Du bist sozusagen überall und nirgends."

„Aber es ist nicht sicher, dass ich dabei sterben würde, richtig? Wenn es nicht sicher ist, dass ich sterbe, und es keinen anderen Weg zurück in die Oberwelt gibt, dann ist es auf jeden Fall einen Versuch wert!"

„Wenn du es riskieren willst, so ist das deine Entscheidung, Sterblicher. Du hast dich als ehrenhaft erwiesen, deshalb will ich dir helfen und deiner Gefährtin einen Traum senden, der ihr aufträgt, morgen nach dem Aufwachen in die Truhe zu sehen. Doch was sie darin finden wird, vermag ich nicht zu sagen."

„Das ist sehr freundlich. Ich möchte es gern versuchen."

Primo klappt den Deckel der Truhe auf. Das Innere ist leer. Vorsichtig steigt er hinein und kauert sich in die Truhe. Er passt gerade eben hinein.

„Und du bist sicher, dass du nicht doch hierbleiben und bis an dein Lebensende Mathematikunterricht bekommen willst?", fragt Seine Singularität.

„Ja, da bin ich mir sicher", sagt Primo, dessen Herz vor Aufregung klopft.

„Nun, dann wünsche ich Dir viel Glück, Sterblicher." Mit diesen Worten schließt der oberste Enderman den Deckel der Truhe.

Primo hat das Gefühl, in bodenlose Schwärze zu stürzen. Er will schreien, doch er hat keinen Körper mehr. Entsetzt begreift er, dass er einen schrecklichen Fehler gemacht hat, bevor er aufhört, zu existieren.

8. Golinas Traum

Golina weiß, dass es ein Fehler war, Primo gehen zu lassen, als sie ihn über die Ebene im Osten wandern sieht. Sie wird ihn nie wiedersehen, und ihren kleinen Sohn auch nicht!

Den ganzen Tag läuft sie ruhelos im Dorf herum, ohne zu wissen, was sie tun soll. Fast beneidet sie Primo, der wenigstens irgendwohin unterwegs ist. Gleichzeitig ist sie wütend auf ihn, weil er sie verlassen hat. Noch vor wenigen Tagen war sie restlos glücklich mit ihrer kleinen Familie, und nun ist dieses Glück zerstört und sie ist ganz allein. Ihre Eltern und Margi versuchen, sie zu trösten, doch Golina will keinen Trost.

Sie spielt mit dem Gedanken, sich ebenfalls durch das Portal ins Ende zu stürzen. Das, was Primo ihr über diesen düsteren Ort erzählt hat, klingt nicht gerade verlockend. Aber lieber dort zusammen mit Primo sein als hier oben ganz allein. Andererseits weiß sie nicht einmal, wo sich das mysteriöse Endportal befindet.

Abends liegt sie ruhelos im Bett. Sie kann nicht schlafen. Ein paar Mal fallen ihr die Augen zu, und ihr ist, als sei sie plötzlich von einem violetten Leuchten umgeben und eine heisere Stimme spräche zu ihr. Dann schreckt sie jedes Mal hoch und ruft Primos und Nanos Namen in die Dunkelheit. Doch niemand antwortet ihr.

Am nächsten Tag kehren Kolle und Porgo zurück. Sie galoppiert ihnen auf dem Rücken ihres Pferdes Assan über die Ebene östlich des Dorfs entgegen. „Wo ist Primo?“, fragt sie. „Habt ihr etwas von ihm gehört?“

Porgo schüttelt den Kopf. „Nein, tut mir leid. Wir haben ihn bis zum Endportal begleitet, und er ist hineingesprungen. Mehr wissen wir nicht.“

Golina bricht in Tränen aus. „Ich werde ihn nie wiedersehen!“, schluchzt sie.

„Gib die Hoffnung nicht zu früh auf“, meint Porgo. „Primo hat sich bisher als ganz schön zäh erwiesen und schon so manche aussichtslose Situation überstanden.“ Doch er klingt, als ob er sich ebenfalls große Sorgen macht.

Ein weiterer Tag vergeht, in dem Golina nicht weiß, wohin mit sich selbst. Aus purer Verzweiflung durchsucht sie noch einmal das ganze Dorf nach Nano, doch wieder findet sie nichts. Abends kommt Runa zu Besuch und bietet ihr einen „ganz speziellen Beruhigungs- und Schlaftrunk nach einem supergeheimen Spezialrezept“ an. Doch Golina lehnt ab. Sie will nicht betäubt werden.

Auch in dieser Nacht kann sie nicht einschlafen. Schreckliche Bilder kreisen immer wieder durch ihren Kopf – Artrax, wie er ihren Sohn packt und mit ihm davon teleportiert; Primo, der hinter den beiden her hetzt und sie doch niemals erreicht, während er seinerseits von Horden schrecklicher Monster verfolgt wird.

Schließlich hält sie es nicht mehr aus, steht auf und geht hinaus in die Nacht. Der Himmel ist klar, und die Sterne ziehen träge über das Dorf hinweg. Niemand ist zu sehen, nur der Golem steht einsam neben dem Kirchturm und dreht hin und wieder seinen Kopf nach links oder rechts auf der Suche nach Monstern, die sich im Schutz der Dunkelheit ins Dorf schleichen könnten. Die Katze Mina liegt zusammengerollt auf seinem Kopf.

Golina geht zu ihm. „Hallo, Asimov", sagt sie.

„Ich habe Nano nicht angerührt!", sagt der Golem.

„Ich weiß. Ich bin nicht hergekommen, um dir Vorwürfe zu machen. Ich kann bloß nicht schlafen."

„Das kenne ich."

Golina betrachtet ihn neugierig. „Du schläfst niemals?"

„Nein. Ich stehe ja schon den ganzen Tag unnütz in der Gegend herum, warum sollte es nachts anders sein?"

Golina sieht sich um. Die Kreisbahn kann man von hier aus nicht sehen. „Bist du nachts immer hier neben dem Kirchturm?", fragt sie.

„Mal hier, mal dort", antwortet der Golem.

„Und wo hast du in der Nacht, als Nano verschwunden ist, gestanden?“

Der Golem streckt den Arm aus. „Da hinten neben der Schlucht, wenn ich mich richtig erinnere. Ha, ha, kleiner Golem-Scherz. Natürlich erinnere ich mich richtig, denn ich vergesse nie etwas.“

„Das heißt, du hast gesehen, wie Nano den Hebel umgelegt und der Enderman ihn entführt hat?“

„Nein.“

„Was, nein?“

„Nein, ich habe nicht gesehen, wie Nano den Hebel umgelegt und der Enderman ihn entführt hat.“

„Warum nicht? Du standst doch direkt daneben.“

„Ich konnte keine derartige Beobachtung machen, weil ein solches Ereignis niemals stattgefunden hat“, sagt der Golem.

Golina reißt die Augen auf. „Was sagst du da?“

„Soll ich ab jetzt jeden Satz für dich wiederholen?“

„Nein. Willst du damit sagen, dass Nano die Kreisbahn nicht angehalten hat?“

„Was ich will, interessiert hier doch sowieso keinen. Aber um deiner nächsten Frage vorzubeugen: Nein, Nano hat den Hebel nicht berührt.“

„Wer denn dann?“

„Olum.“

„Olum? Der Fischer?“

„Genau der. Er hat sich hergeschlichen und an dem Hebel rumgespielt. Als die Bahn angehalten hat, ist er weggelaufen. Der Enderman ist ausgestiegen, hat auf den Rasen gekotzt und sich dann wegteleportiert. Das ist alles, was ich in der fraglichen Nacht im Zusammenhang mit der Kreisbahn beobachtet habe."

„Aber warum hat Olum die Bahn denn angehalten?"

„Er hat es nicht für nötig befunden, mich in seine zweifellos konfusen Gedankengänge in dieser Hinsicht einzuweihen."

„Und Nano? Hast du ihn auch gesehen?"

„Nein."

„Das heißt, der Enderman hat ihn nicht entführt?"

„Jedenfalls nicht vor meinen Augen."

Golina umarmt den Eisenkoloss und gibt ihm einen Kuss. „Danke, Asimov! Danke!"

„Nichts zu danken. Und bitte küsse mich nicht wieder in der Öffentlichkeit. Was sollen denn die Leute denken!"

Golina überlegt, ob sie den Fischer wecken und ihn fragen soll, warum er die Kreisbahn angehalten hat. Aber das hat Zeit bis morgen. Einerseits ist sie erleichtert, dass Nano offenbar nicht von dem bösen Enderman entführt wurde. Aber wo ist er dann? Und was ist mit Primo? Ist er etwa völlig umsonst ins Ende gegangen?

Verwirrt kehrt sie nach Hause zurück. Nach den letzten beiden durchwachten Nächten überwältigt sie nun doch die Müdigkeit, und sie sinkt in einen tiefen Schlaf.

Im Traum erscheint ihr ein Enderman. „Golina, endlich!“, sagt er. „Öffne die Endertruhe neben Primos Bett, sobald du aufwachst!“

Als Golina aufwacht, erinnert sie sich an den seltsamen Traum, misst ihm jedoch keine besondere Bedeutung bei. Dass sie bei den Schrecken, die sie in den letzten Tagen erlebt hat, merkwürdige Dinge träumt, ist kein Wunder. Trotzdem geht sie zu der hässlichen schwarzen Kiste neben Primos Bett und klappt den Deckel auf, man kann ja nie wissen.

Doch die Kiste ist leer.

9. Über den Wolken

Ein schmaler, heller Lichtstrahl durchdringt die absolute Finsternis. Angeregt durch dieses Licht formt sich so etwas wie ein Gedanke: *Ich bin.* Der Gedanke versucht, an Substanz zu gewinnen, zu einem Bewusstsein zu wachsen, Erinnerungen zu verknüpfen.

Ich bin ... Primo.

Der Lichtstrahl weitet sich zu einem flachen Spalt, der das ganze Universum zu durchmessen scheint und langsam größer wird. Ein riesiges Augenpaar kommt dahinter zum Vorschein und blickt Primo neugierig an.

„Babba!", piepst eine Stimme.

„Nano?", fragt Primo. Oder versucht, es zu fragen, doch sein Körper scheint ihm nicht zu gehorchen. Falls er überhaupt noch einen Körper hat.

Ein glucksendes Lachen erklingt. Der Lichtspalt wird wieder kleiner, verschwindet schließlich ganz. Verzweifelt versucht Primo, sich an der Erinnerung festzuhalten, doch schon löst er sich wieder in der ewigen, unendlichen Finsternis auf.

Da erscheint der Lichtspalt erneut, wird rasch größer. Das Augenpaar blinzelt.

„Kuckuck!", ruft die Stimme und lacht. Dann verschwindet der Spalt wieder.

„Nano!", schreit Primo, doch die Schwärze verschluckt seine Stimme.

Wieder öffnet sich der Spalt. Wieder ein Lachen, ein hastiges „Kuckuck, Babba!“, bevor Primo erneut von Dunkelheit umhüllt wird.

Verzweiflung packt ihn. Ist das alles nur ein böser Traum? Oder gibt es irgendwo am Rand des Universums wirklich jenen Spalt, der sich auf grausame Weise öffnet und wieder schließt?

Als sich erneut ein schmaler Lichtstrahl zeigt, konzentriert Primo alle Gedanken und alle Energie, die er besitzt, auf seinen rechten Arm.

„Kuckuck!“

Primo streckt den Arm aus und schafft es, die Hand in den Spalt zu schieben, bevor der Deckel herunterkracht.

„Aua!“, ruft er. Doch der Schmerz ist ihm willkommen, denn die eingeklemmte Hand verhindert, dass sich der Deckel schließt und die Dunkelheit Primos Geist erneut fortreißen kann. Er schafft es, den Deckel anzuheben und schließlich ganz aufzuklappen.

„Babba!“, ruft Nano aufgeregt und hüpft vor der Endertruhe auf und ab. „Babba Nano Kuckuck pielen!“

Verblüfft sieht sich Primo um. Er befindet sich weder im Ende noch im Haus seines Vaters, sondern an einem ganz anderen Ort. Hohe, bodentiefe Fenster erheben sich ringsum und beleuchten einen quadratischen, sechs Blöcke durchmessenden Raum, dessen

Boden mit weißen und schwarzen Quadraten gepflastert ist. Die Wände sind fünf Blöcke hoch und werden durch ein kuppelförmiges Dach abgeschlossen. An einer Wand steht ein hohes Bücherregal, gegenüber diesem ein Bett, an der dritten Wand ein Tisch mit Bank und einem Bild darüber, in der vierten öffnet sich eine Doppeltür nach draußen. Ein Ofen, eine Werkbank, eine gewöhnliche Truhe und die Endertruhe in den Ecken vervollständigen die Einrichtung.

„Wo sind wir hier?“, fragt Primo.

„Nano Babba pielen!“, fordert sein Sohn ihn auf.

Primo klettert aus der Kiste. Der Blick aus den Fenstern lässt ihn vor Verblüffung erstarren. Er sieht Wolken, doch sie hängen nicht hoch am Himmel, wie es sich gehört, sondern tief unterhalb des Hauses!

Wie ist das möglich? Um das Rätsel zu ergründen, tritt Primo durch die Tür nach draußen. Der Anblick raubt ihm den Atem. Das seltsame Haus befindet sich auf dem Gipfel eines riesigen, steilen Berges. Tief unten sieht er die Landschaft ausgebreitet wie einen Teppich: Berge, Wälder und Wüsten wirken von hier aus winzig.

Vor der Tür befindet sich eine kleine, ebene Fläche. Ein schmaler, grasbewachsener Grat führt außen um das seltsame Haus herum. Dahinter geht es jäh in die Tiefe. Eine Treppe oder etwas ähnliches, über die man hier hinauf gelangen könnte, ist nirgends zu sehen.

„Nano pielen!", ruft Primos Sohn. Er beugt sich über den Abgrund.

Rasch packt Primo ihn am Arm und zieht ihn zurück, bevor er hinunterstürzen kann. Dabei entdeckt er etwas, das sein Herz höher schlagen lässt: Tief unter ihm sind die sandfarbenen Häuser eines Dorfes zu sehen. Das muss das Wüstendorf sein! Folglich befindet er sich oben auf dem Himmelsturm.

Er erinnert sich, dass Wumpus, der Priester des Wüstendorfs, behauptet hat, Notch selbst wohne hoch oben auf dem Himmelsturm. Wenn das stimmt, dann sind Nano und Primo im Haus des Schöpfers gelandet!

Den Kleinen hinter sich her zerrend, kehrt er ins Haus zurück und überlegt, was er tun soll. Die gute Nachricht ist, dass es seinem Sohn gut geht und dass sein Plan, das Ende durch die Endertruhe in die Oberwelt zurückzukehren, funktioniert hat. Doch offenbar gibt es keinen Weg, diesen Ort zu verlassen, es sei denn, man würde in den sicheren Tod springen.

Nachdenklich betrachtet er die Endertruhe. Jetzt ist ihm klar, was passiert sein muss: Nano ist in der Nacht wach geworden und aus seinem Bettchen geklettert. Neugierig, wie er ist, hat er die Endertruhe geöffnet und ist hineingeklettert. Der Deckel muss über ihm zugefallen sein. Dann hat Notch, oder wer auch immer dieses Haus gebaut hat, seine Endertruhe geöffnet und Nano damit hierher befördert. Nano wiederum hat die Truhe geöffnet, nachdem Primo sich im Ende hineingelegt hatte.

Aber warum hat nicht Golina die Endertruhe geöffnet und ihn befreit? Seine Singularität hatte doch versprochen, ihr einen Traum zu senden. Irgendwas muss dabei schief gegangen sein. Und das ist gut so, denn sonst hätte Primo Nano wohl niemals gefunden.

Wenn er nun Nano noch einmal in die Truhe stecken würde? Mit etwas Glück würde Golina sie öffnen und den Kleinen darin finden. Dann könnte sich Primo selbst hineinlegen, und falls Golina schlau genug ist, ein zweites Mal in der Truhe nachzusehen, wäre er ebenfalls zuhause. Andererseits ist es ebenso gut möglich, dass Nano stattdessen im Ende landet, oder an einem ganz anderen Ort, falls es noch mehr Endertruhen gibt. Außerdem behagt Primo die Vorstellung, sich noch einmal in der Dunkelheit der Truhe aufzulösen, überhaupt nicht.

Nein, die Endertruhe scheidet als Transportmittel aus. Aber zumindest könnte er ja eine Nachricht hineinlegen, für den Fall, dass Golina die Truhe öffnet. Sie macht sich bestimmt große Sorgen.

In der gewöhnlichen Truhe findet Primo mehrere Blatt Papier. Er schreibt eine kurze Nachricht: *Bin in Notchs Haus oben auf dem Himmelsturm. Nano ist bei mir. Uns geht es gut. Komme nach Hause, sobald ich weiß, wie. In Liebe, Primo.* Er legt den Zettel in die Endertruhe.

„Nano happa happa!“, meldet sein Sohn seinen Hunger an. Primo hat in der gewöhnlichen Truhe einige Brotlaibe und einen Eimer mit Milch gesehen. Er nimmt beides heraus und hofft, dass ihm der Besitzer des Hauses nicht böse sein wird. Dann füttert er seinen Sohn mit kleinen Brotstückchen, die er in die Milch tunkt.

Draußen geht mittlerweile die Sonne unter. Primo ist von den Strapazen seiner Reise ziemlich müde. Er kuschelt sich zusammen mit Nano auf das Bett und schläft bald ein.

10. Ruunas Elixier

„Was zum Nether hast du dir bloß dabei gedacht, Olum!", schimpft Golina, als sie den Fischer trifft, der gerade unterwegs zum Fluss ist. „Wie konntest du die Kreisbahn anhalten?"

Olum spielt den Ahnungslosen. „Was? Wovon redest du? Welche Kreisbahn? Und überhaupt, woher willst du wissen, dass ich es war, der den Hebel umgelegt hat?"

„Willst du es etwa leugnen? Asimov hat dich gesehen, wie du dich mitten in der Nacht dorthin geschlichen und an dem Hebel herumgespielt hast."

„Ich hab ihn nur einmal ganz kurz berührt, ehrlich. Ich wollte doch bloß diesem Blödian Kaus beweisen, dass die Bahn nicht in die andere Richtung fahren kann."

„Und deshalb hast du die Bahn angehalten?"

Olum senkt schuldbewusst den Kopf. „Ja, ich geb's zu. Ich wollte es nur ganz kurz ausprobieren und den Hebel dann sofort wieder in die andere Richtung umlegen, aber der Schattenmann hat mich so böse angeguckt. Vielleicht war er wütend, weil ich die Bahn angehalten hatte. Da hab ich Angst bekommen und bin weggelaufen."

„Du Dummkopf!", schimpft Golina. „Deinetwegen ist Artrax entkommen!"

„Es … es tut mir leid, Golina. Ich werde es nie wieder tun."

„Das ist ja ein großer Trost, wirklich!"

Inzwischen hat sich das halbe Dorf um die beiden versammelt. Wie üblich reden alle durcheinander.

„Was ist denn hier los?"

„Golina ist sauer auf Olum."

„Das sehe ich. Und warum?"

„Olum ist schuld daran, dass Golinas und Primos Sohn verschwunden ist."

„Was? Wieso denn das?"

„Er muss ihn in die Schlucht geworfen haben."

„Warum sollte er das tun?"

„Habt ihr gehört? Olum hat Nano in die Schlucht geworfen!"

„Quatsch! Er hat die Kreisbahn angehalten, so dass der Schattenmann Nano entführen konnte."

„Olum hat den gefangenen Schattenmann freigelassen? Das ist ja allerhand!"

„Ich hab schon immer das Gefühl gehabt, dass mit Olum etwas nicht stimmt. Wer den ganzen Tag am Fluss steht und angelt, bekommt nasse Füße. Da muss man ja auf die Dauer verrückt werden."

Mittlerweile ist auch Magolus eingetroffen. „Was ist hier los?", will er wissen.

„Olum hat in der Nacht, als Nano verschwand, die Kreisbahn angehalten und Artrax befreit", erklärt Golina.

„Was? Wie konntest du nur, Olum? Ich wollte doch mit dem gefangenen Schattenmann diesen Blödmann Wumpus aus dem Wüstendorf beeindr ... ich meine, äh, du hast große Gefahr über unser Dorf gebracht!"

„Es ... es tut mir leid", sagt der Fischer kleinlaut.

„Lasst uns beten, dass der Schöpfer uns beschützt, falls der Dämon zurückkehrt, um noch einmal Rache zu nehmen."

„Ach was, soll er doch kommen!", ruft einer der anderen Dorfbewohner. „Dann fangen wir ihn einfach noch einmal!"

„Sagt mal, jetzt, wo der Schattenmann nicht mehr da ist, könnte ich da vielleicht mal mit der Kreisbahn ..."

„Du? Wieso du? Ich bin zuerst dran!"

„Kommt nicht infrage! Ich war zuerst hier!"

„Wenn einer zuerst mit der Bahn fahren darf, dann doch wohl ich. Schließlich hab ich die Bahn angehalten und den Schattenmann befreit. Ohne mich könnte also keiner von euch mit der Kreisbahn fahren!"

„Olum hat recht. Ohne ihn würde immer noch der blöde Schattenmann die Bahn blockieren."

„Gut gemacht, Olum! Also schön, du darfst zuerst fahren. Aber danach bin ich dran, okay?"

Golina wirft frustriert die Hände in die Luft. Diese Dummköpfe werden ihr bestimmt nicht helfen, Primo und Nano wiederzufinden, falls die beiden noch leben. Sie geht zur Bibliothek, wo Kolle und Margi wohnen, die einzig Vernünftigen in diesem Dorf.

„Golina!", ruft Margi besorgt. „Wie geht es dir? Gibt es Neuigkeiten von Primo oder Nano?"

Golina erzählt ihrer Freundin von dem Traum und von Asimovs Beobachtung.

„Dieser Trottel!", regt sich Kolle auf. „Primo hatte die ganze Zeit recht: Wir hätten besser aufpassen müssen!"

„Und du bist sicher, dass das nur ein gewöhnlicher Traum war und nicht eine Botschaft des obersten Endermans?", fragt Margi.

„Ich weiß es nicht", erwidert Golina. „Jedenfalls war die Truhe leer, als ich vorhin nachgesehen habe."

„Das ist wirklich merkwürdig. Vielleicht solltest du mal mit Ruuna sprechen. Die kennt sich mit seltsamen Träumen aus."

„Ich weiß ja nicht", sagt Golina. Aber da ihr auch nichts Besseres einfällt, stimmt sie Margis Vorschlag zu.

Kolle und Margi begleiten sie in den Wald zu Willerts Hütte - oder besser gesagt zu der Stelle, an der das letzte Mal, als sie hier waren, eine Hütte stand. Jetzt sind davon nur noch ein paar Holzblöcke übrig. Ein großes Loch klafft im Boden. Glaskolben, Pilze und andere Zutaten liegen überall verstreut.

„Um Notchs Willen, was ist denn hier passiert?", ruft Golina erschrocken.

„Sieht aus, als wäre ein Knallschleicher explodiert", meint Kolle. „Oder gleich mehrere."

„Wo sind Ruuna und Willert?", fragt Margi besorgt. „Ihnen wird doch nichts passiert sein?"

Vorsichtig beugen sich die drei über den Rand des Lochs, doch darin sind keine Hinweise auf den Verbleib der beiden zu finden.

„Ich glaub, ich höre etwas", sagt Margi plötzlich. Sie klettert auf einen Hügel in der Nähe. Kolle und Golina folgen ihr besorgt.

Hinter dem Hügel befindet sich eine Lichtung. Mehrere Bäume wurden hier gefällt, um eine Hütte zu bauen. Sie sieht ein bisschen schief aus, das Dach ist unregelmäßig, und eine Wand scheint höher zu sein als die anderen. Die drei klopfen an die Tür und atmen erleichtert auf, als Willert öffnet.

„Oh, hallo! Ich hatte nicht so schnell mit Besuch gerechnet. Unsere neue Hütte ist noch nicht fertig eingerichtet. Aber kommt doch herein!"

„Hallo, ihr drei!", ruft die Hexe fröhlich. Sie steht am Herd und rührt in einem großen Topf. „Ihr kommt gerade rechtzeitig zum Mittagessen. Es gibt Pilzsuppe!"

„Äh, nein danke", sagt Golina schnell. „Wir haben keinen Hunger."

„Was ist denn mit eurer Hütte passiert?", fragt Kolle. „Hat Artrax euch mit einer Armee von Knallschleichern angegriffen?"

„Artrax? Nein“, antwortet Willert. „Das war Ruuna. Eines von ihren Experimenten ist schiefgegangen.“

„Nur ein ganz kleines bisschen“, sagt die Hexe. „Ich war dabei, einen neuartigen Trank zu brauen, mit dem man fliegen kann. Ich muss ein ganz klein wenig zu viel Knallpulver hineingetan haben. Aber ich bin sicher, ich hab das Rezept jetzt raus. Falls ihr mal ein bisschen in der Gegend herumfliegen wollt ...“

„Vielleicht ein andermal“, sagt Golina. „Eigentlich sind wir hergekommen, weil wir dich um Rat fragen wollten, Ruuna.“ Sie erzählt von ihrem Traum.

„Hmm“, macht die Hexe. „Ein gewöhnlicher Traum war das jedenfalls nicht. In gewöhnlichen Träumen wird man von schrecklichen Monstern verfolgt, oder man fällt in tiefe Schluchten oder redet mit bunten sprechenden Pilzen. Aber nicht mit Endermen. Die Botschaft war ganz bestimmt echt.“

„Aber die Truhe war leer!“

„Vielleicht hat irgendwer das, was darin war, rausgenommen.“

„Aber wer denn? Niemand war in unserem Haus, da bin ich ganz sicher.“

Willert runzelt die Stirn. „Endertruhen sind etwas Besonderes. Man kann etwas in eine Truhe legen und es aus einer anderen herausnehmen.“

„Du meinst, jemand hat die Truhe im Ende geöffnet und das, was der Enderman mir schicken wollte, herausgenommen? Dieser schreckliche Artrax vielleicht?"

„Das wäre möglich. Aber es gibt noch eine weitere Möglichkeit."

„Welche denn?"

„Es könnte noch eine dritte Truhe geben. Nehmen wir an, der Enderman legt etwas in seine Truhe und schickt dir einen Traum, in dem er dir sagt, dass du deine Truhe öffnen sollst. Aber in der Zwischenzeit öffnet jemand anderes eine dritte Truhe. Dann könnte derjenige gefunden haben, was der Enderman dir geben wollte, und es herausgenommen haben."

Golina wird blass. „Oh, jetzt verstehe ich! Aus Sorge um Primo und Nano habe ich vorletzte Nacht nicht schlafen können. Der Enderman hat vielleicht versucht, mir den Traum schon viel früher zu schicken! Ich bin ja so dumm!"

„Du kannst doch nichts dafür, wenn du nicht schlafen kannst", tröstet sie Margi.

„Da gibt es nur eins", sagt Ruuna. „Du musst noch einmal träumen."

„Noch mal träumen? Glaubst du, der Enderman erscheint mir ein zweites Mal?"

„Das halte ich für unwahrscheinlich", sagt Willert. „Die Endermen können uns Träume schicken, aber wir können sie nicht herbeirufen."

„Papperlapapp“, sagt die Hexe. „Träume können eine ganze Menge bewirken. Vor allem, wenn du vorher mein Traumelixier trinkst. Nach einem supergeheimen Spezialrezept gebraut. Ich verspreche dir, danach wirst du keinen gewöhnlichen Traum haben.“

Margi blickt skeptisch drein. „Ich weiß ja nicht, ob das so eine gute Idee ist.“ Auch Kolle schüttelt den Kopf.

Golina denkt darüber nach. Die Vorstellung, eines von Ruunas experimentellen Gebräuen zu trinken, erfüllt sie mit Schrecken. Wenn sie nicht explodiert wie ein Knallschleicher, wird sie wahrscheinlich fürchterliche Kopfschmerzen davon bekommen. Andererseits sind die Tränke der Hexe manchmal wirklich nützlich. Und was soll sie sonst machen?

„Also gut, ich trinke das Elixier“, sagt sie.

„Bist du sicher?“, fragt Willert.

„Klar ist sie sicher!“, antwortet Ruuna an Golinas Stelle. „Das Mädchen weiß, was gut für sie ist.“

Sie kramt in ihrer Hexenrobe, holt einen Glaskolben hervor, der mit einer grünlichen Flüssigkeit gefüllt ist, und reicht ihn Golina. „Hier, trink das in einem Zug aus.“

Golina hält das Glasgefäß unter die Nase. Das Gebräu riecht streng und brennt in der Nase. Sie kneift die Augen zu, setzt die Flasche an den Mund und trinkt ihn in einem Zug aus.

Die Flüssigkeit brennt in ihrer Kehle wie Lava. Eine angenehme Wärme erfüllt sie. Dann wird ihr plötzlich übel, ihre Beine knicken unter ihr weg, und ihr wird schwarz vor Augen.

11. Abstieg

Ein gleißendes Licht blendet Primo. Vor ihm steht eine Gestalt, die aussieht wie ein riesiger Enderman, nur dass ihre Augen nicht violett, sondern golden leuchten.

„Wie kannst du es wagen, den Himmelsturm zu erklimmen, von meinem Heiligen Brot zu essen und in meinem Heiligen Bett zu schlafen!“, donnert eine Stimme, die ein wenig so klingt wie die von Magolus, nur viel lauter.

Primo schlottert vor Angst. Er fällt auf die Knie und senkt das Haupt. „Verzeih mir, gütiger Notch!“, stammelt er. „Das war keine Absicht. Ich wollte eigentlich bloß aus dem Ende in mein Dorf zurückkehren. Dass mein Sohn und ich hier in deinem Tempel aufgetaucht sind, war ein Versehen.“

„Ein Versehen?“, brüllt der Schöpfer. „Du machst wohl Witze! Das war alles Absicht! Meine Absicht!“ Er lacht schaurig. „Und nun zurück in die Endertruhe! Du sollst in aller Ewigkeit in der Dunkelheit umherirren, ohne Hoffnung auf Rettung!“

Erschrocken blickt Primo auf und sieht zu seinem Entsetzen, dass Notchs Augen jetzt violett glühen wie die des Endermans.

„Ja, ganz recht!“, donnert die Stimme des Schöpfers wie ein Gewitter. „Artrax ist nur eine Gestalt, die ich in der Welt der Sterblichen angenommen habe!

Du hast es gewagt, dich gegen mich zu stellen. Du hast mich erniedrigt, indem du mich zwangst, tagelang in eurer albernen Bahn im Kreis herum zu fahren. Nun werden du und dein jämmerlicher Sohn meine Rache zu spüren bekommen!"

„Nein!", jammert Primo. „Bestrafe mich, aber bitte verschone Nano!"

„Pah!", schreit der Enderman-Notch. „Du wirst ihn nie wiedersehen, deinen Nano!" Damit löst sich der Schöpfer in einer grellen Kugel aus Licht auf.

Primo schreckt hoch. Er ist schweißgebadet. Die aufgehende Sonne scheint durch eines der Fenster genau in sein Gesicht und blendet ihn.

Erleichtert stellt er fest, dass er die Begegnung mit Notch nur geträumt hat. Doch im nächsten Moment erschrickt er: Der Platz neben ihm auf dem Bett ist leer. Nano ist nirgends zu sehen!

Primo springt auf und durchsucht das seltsame Haus, doch er findet keine Spur seines Sohnes. Sicherheitshalber sieht er auch in der Endertruhe nach, doch die ist leer.

Er rennt aus dem Haus. Auf der Fläche vor der Tür ist Nano nicht. Rasch umrundet Primo das Haus auf dem schmalen Grad. Ihm bleibt fast das Herz stehen, als er seinen Sohn entdeckt, der auf einem Vorsprung einige Blöcke weiter unten hockt - nur eine Handbreit vom Abgrund entfernt.

„Nano!“, ruft Primo. „Rühr dich nicht von der Stelle!“

Rasch klettert er ein paar Blöcke herab. Doch als er sich Nano nähert, klettert dieser noch einen Block herunter.

„Fang mich, Papa!“, ruft er.

„Nano, nein!“, schreit Primo. „Du bleibst, wo du bist, und rührst dich nicht von der Stelle! Das hier ist kein Ort zum Spielen!“

Der Kleine bricht in Tränen aus, als er Primos zornige Stimme hört. Immerhin bleibt er, wo er ist, so dass Primo ihn in den Arm nehmen kann. Er drückt seinen weinenden Sohn an sich und streichelt ihn zur Beruhigung.

„Ist ja gut. Ich hab's nicht böse gemeint. Aber du hast mir einen ziemlichen Schrecken eingejagt, als du plötzlich verschwunden warst. Du hast ...“

Primo stockt, als sein Blick auf die Felswand fällt. Darin ist eine Tür eingelassen! Verblüfft öffnet er sie. Ein kurzer, von Fackeln beleuchteter Gang führt zu einer Öffnung im Boden. An der Wand ist eine Leiter befestigt. Sie scheint sehr tief hinabzuführen. Es gibt also doch einen Weg von diesem Berg!

Primo setzt Nano auf seine Schultern. „Halt dich gut fest, mein Sohn, damit du nicht runterfällst!“

„Ja, Papa.“ Nano umklammert mit beiden Händen Primos Kinn.

Es ist alles andere als einfach, mit Nano auf den Schultern eine Leiter herunterzusteigen. Außerdem ist diese viel, viel länger als die im Inneren des Kirchturms. In regelmäßigen Abständen sind Nischen in den Felsen gehauen, in denen Fackeln brennen, so dass der Schacht schwach beleuchtet wird.

Nach einer Weile tun Primo die Arme und Beine weh. Nano scheint ständig schwerer zu werden und wiegt nun so viel wie eine von Hakuns Kühen – jedenfalls fühlt es sich so an. Doch Primo klettert tapfer weiter.

Auf einmal spürt er eine kühle Feuchtigkeit, und das Licht der Fackel über ihm wird trüb. Er ist von Nebel umgeben. Er muss jetzt auf der Höhe der Wolken sein, die er von der Bergspitze aus unter sich gesehen hat.

Tiefer und tiefer klettert er, doch die Leiter scheint kein Ende zu nehmen. Seine Arme und Beine schmerzen jetzt so sehr, dass er Angst hat, jeden Augenblick den Halt zu verlieren. Er wünscht sich nichts mehr, als einen Moment auszuruhen, doch dazu gibt es keine Möglichkeit. Verzweifelt blickt Primo nach oben. Das Ende der Leiter ist längst nicht mehr zu erkennen. Selbst, wenn er wollte, könnte er den Abstieg nicht abbrechen. Niemals hätte er die Kraft, all die Leiterstufen wieder heraufzuklettern. Also bleibt ihm nichts anderes übrig, als weiter Stufe um Stufe zu nehmen.

„Mir ist langweilig, Papa“, sagt Nano.

„Wir sind gleich da, mein Sohn“, behauptet Primo.

„Ich will spielen!“

„Hör auf, so herumzuzappeln, oder ich verliere noch den Halt!“

„Ich mag nicht mehr auf deiner Schulter sitzen, Papa!“

„Sitz endlich still, oder …“

Da passiert es: Primo, der versucht, mit einer Hand seinen Sohn festzuhalten, rutscht ab und stürzt in die Tiefe.

Mit einem lauten Scheppern seiner Eisenrüstung landet er auf dem Hintern. Nano fällt auf ihn.

„Ha, ha!“, lacht der Kleine. „Das war lustig, Papa!“

Primo sieht sich verblüfft um. Sie haben den Fuß des Schachts erreicht. Ein kurzer Gang führt zu einer weiteren Tür, hinter der Bäume erkennbar sind. Ein blubberndes Geräusch wie von Lava ist zu hören. Er blickt die Leiter hinauf. Die Stelle, wo er abgerutscht ist, liegt nur ein paar Stufen über ihm. Glück gehabt!

Er rappelt sich auf, nimmt Nano an der Hand und tritt durch die Tür. Sie führt hinaus auf ein Bergmassiv. Hoch über ihnen ragt die Felsnadel des Himmelsturms auf. Rechts stürzt ein breiter Lavafall herab ins Tal. Der Hang fällt hier so steil ab, dass sie ihn nicht gefahrlos herabklettern können. Also wenden sie sich nach links und wandern einen langgestreckten Hang hinab. Er ist mit Bäumen bewachsen, deren lange Stämme breite, ausladende Kronen tragen. Weiter unten erkennt Primo eine ausgedehnte Wüste und an ihrem Rand das Dorf, das er von hoch oben gesehen hat.

Doch als er näher kommt, erscheint ihm der Anblick immer weniger vertraut. Die Häuser sind aus hellem Sandstein gebaut wie die in Margis Heimatdorf, aber sie scheinen anders angeordnet zu sein, als Primo es in Erinnerung hat, und er kann nirgends eine Meeresküste entdecken. Auch der Berg, von dem sie herabgestiegen sind, sieht aus diesem Blickwinkel nicht mehr so aus wie der Himmelsturm.

Als Primo und Nano sich dem Dorf nähern, kommen ihnen einige Bewohner entgegen. Einer von ihnen trägt die purpurfarbene Robe eines Priesters, aber es ist nicht Wumpus, der Priester des Wüstendorfs.

„Wa seids ihr denn?“, fragt er. „Und wo kimmd ihr so plötzlich ha?“

„Ich bin Primo aus dem Dorf an der Schlucht, und das ist mein Sohn Nano. Wir kommen von der Spitze des Berges dort.“

„Vo da Bergschbidzn? Ihr woit uns wohl auf den Arm nehma!“

„Aber es stimmt!“, beteuert Primo, der Mühe hat, den seltsamen Dialekt des Priesters zu verstehen. „Als der gefangene Enderman aus der Kreisbahn geflohen ist, bin ich durch ein Endportal ins Ende gegangen, um dort meinen Sohn zu suchen. Aber er war nicht da. Also bin ich in eine Endertruhe geklettert, und mein kleiner Sohn hat die andere Truhe geöffnet, die da oben auf dem Berg steht." Primo weist in Richtung der Bergspitze.

Die Bewohner des Wüstendorfs sehen sich an. „Der da is offensichtlich voikomma verruggt!", sagt einer.

„Ja, da spinnt!", meint ein anderer.

„Da is zua lang ohne Wassa in da Wüste herumgelaffa!", meint ein Dritter.

„Wos soin mia etz' mid den beidn machn?", fragt der erste.

„Des san Verruggte", meint der zweite. „De san vuileicht gefährlich!

„Schick sie weg, Alois!", meint der dritte.

„Tut ma leid, aba ihr kennts do ned bleim", sagt der Priester. „Verruggte könna mia in unsam Doaf ned duldn. Macht, dass ihr weida kimmd!

„Warum reden die so komisch, Papa?", fragt Nano.

Primo sieht ihn überrascht an. Irgendetwas ist anders an seinem Sohn, aber er kommt nicht darauf, was es ist.

„Die Leute in anderen Dörfern reden eben ein bisschen seltsam", erklärt er.

„Ihr seid's, de seltsam redet!", stellt einer der Dorfbewohner fest.

„Des san Fremde, de san ned vo do. Deswegn redn de so“, erklärt ein anderer.

„Na logisch, wenn sie vo do wärn, dann wärn 's ja koa Fremdn“, erklärt der erste.

„Jetz verschwindet vo do, mia hom zua doa!“, sagt der Priester unfreundlich.

Primo sieht sich um. Er hat nicht die geringste Ahnung, wo er ist und in welche Richtung sein Heimatdorf liegt.

„Entschuldigung, aber kennt ihr vielleicht ein Dorf am Rand einer Schlucht?“, fragt er ohne große Hoffnung.

„Des Doaf am Rande da Schlucht?“, fragt der Priester. „Freilich kenna mia des!“

„Kannst du uns freundlicherweise den Weg dorthin zeigen?“

Der Priester streckt eine Hand aus. „Do müsst ihr oiwei Richtung Osdn gengan. Folgt oafach am Lauf des Flusss bis zum End da Wüste. Ihr gelangt an a Gebirge. Doat gäd ihr oafach geradeaus weida, bis ihr an a Schlucht kimmd. Auf da andern Seite liagt des Doaf, des ihr sucht. Nehmt eich aba voa den Bewohnern in Acht. De redn komisch, und ma konn ihna ned draun.“

Primo ist sich nicht ganz sicher, ob er die Anweisungen verstanden hat, aber er dankt dem Priester und macht sich frohen Mutes mit Nano auf in Richtung Osten.

12. Die Botschaft

„Golina? Golina, wie geht es dir?“

Golina versucht, die Augen zu öffnen. Ein verschwommener, blasser Fleck schwebt über ihr. Nach und nach wird das Bild schärfer. Sie erkennt das Gesicht ihrer Freundin Margi, die sich besorgt über sie beugt.

„Gopfschmerm“, sagt Golina.

„Was? Geht es dir nicht gut?“

„Ich ... habe ... Kopfschmerzen“, bringt Golina heraus.

„Kein Problem, dagegen hab ich einen Trank“, sagt Ruuna.

Golina schüttelt heftig den Kopf, bereut diese Bewegung aber sofort. Bloß nicht noch einen von Ruunas Tränken!

„Vorsicht“, mahnt Margi. „Du musst dich schonen. Du hast immerhin drei Tage lang geschlafen.“

Drei Tage? Golina kommt es so vor, als habe sie Ruunas Elixier eben erst getrunken.

„Hast du etwas geträumt?“, fragt Kolle.

Sie versucht, sich zu erinnern. Die Bilder in ihrem Kopf sind unklar, und die bohrenden Kopfschmerzen machen es schwer, sie zu fassen. „Da waren Wolken ... tief unten“, sagt sie. „Primo und Nano waren in einem weißen Haus ... hoch oben auf einem Berg, glaube ich.“

„Ein Berg, der höher ist als die Wolken?", fragt Margi. „Das muss der Himmelsturm gewesen sein."

„Du solltest keine voreiligen Schlüsse ziehen", ermahnt sie Willert. „Träume sind nicht immer so leicht zu deuten. Hast du noch mehr gesehen, Golina?"

„Eine weiße Landschaft. Große ... Türme ... aus Eis. Und eine Armee von Schneegolems."

„Das klingt sehr seltsam", meint Kolle. „Meinst du mit weißer Landschaft vielleicht die Wüste zu Füßen des Himmelsturms?"

„Nein. Es war sehr kalt dort. Da waren Wölfe ... und etwas Dunkles, Böses ..."

„Waren Primo und Nano auch an diesem kalten Ort?", fragt Ruuna.

„Nein."

„Merkwürdig. Wer weiß, was das alles zu bedeuten hat."

„Ich dachte, du könntest uns das vielleicht erklären", meint Margi.

„Ich? Woher soll ich wissen, was Golinas Träume bedeuten? Ich kann nur dafür sorgen, dass sie welche hat. Was sie bedeuten, ob sie überhaupt etwas bedeuten, müsst ihr schon selbst herausfinden."

„Auf jeden Fall vielen Dank für deine Hilfe, Ruuna", sagt Kolle. „Wir gehen jetzt besser zurück ins Dorf."

„Au ja!“, ruft die Hexe aus. „Ich komme mit. Jetzt, wo dieser doofe Enderman nicht mehr da ist, kann ich endlich wieder mit der Kreisbahn fahren.“

„Das ist es“, sagt Golina.

„Das ist was?“, fragt Willert.

„Ich glaube, das Böse, das ich gespürt habe, das war er. Artrax.“

„Artrax war auf dem Himmelsturm?“

„Nein. An dem kalten Ort. Ich glaube, er plant dort etwas Schlimmes.“

„Glaubst du wirklich, das bedeutet etwas?“, fragt Margi. „Oder waren es bloß ganz normale, wirre Träume?“

„Wer mein magisches Traumelixier nach supergeheimem Spezialrezept trinkt, hat keine normalen Träume“, sagt Ruuna beleidigt. „Und schon gar keine wirren!“

„Wie auch immer, so wie du es beschrieben hast, ist dieser kalte Ort sehr weit weg“, meint Willert. „Wir sollten uns erstmal auf Primo und Nano konzentrieren. Wenn der Traum stimmt, dann sind sie vielleicht oben auf dem Himmelsturm.“

„Aber wie sollen sie da raufgekommen sein?“, fragt Kolle.

„Golina hat etwas von einem weißen Haus gesagt. Vielleicht gibt es dort oben wirklich eins. Und möglicherweise steht darin eine Endertruhe.“

„Ja, ich glaube, so ist es", bestätigt Golina. „Wir müssen dorthin und Primo und Nano retten!"

„Und wie willst du bitte auf den Gipfel des Himmelsturms kommen?", fragt Margi.

„Das ist gar kein Problem", sagt Ruuna und hält einen Glaskolben mit einer violett leuchtenden Flüssigkeit hoch.

„Sei lieber vorsichtig mit dem Zeug!", sagt Willert. „Ich habe keine Lust, schon wieder eine neue Hütte zu bauen."

„Ach was, das ist ganz harmlos", sagt die Hexe.

„Besser, wir kehren erst mal ins Dorf zurück", schlägt Kolle vor. „Dort können wir immer noch entscheiden, was wir als nächstes tun."

Also machen sie sich auf den Weg. Die frische Luft außerhalb des Waldes tut Golina gut und lindert ihre Kopfschmerzen etwas.

Als sie das Dorf erreichen, geht die Sonne bereits unter. Ruuna läuft schnurstracks zur Kreisbahn, vor der sich eine lange Schlange von Dorfbewohnern gebildet hat.

„Lasst mich auch mal!", ruft sie. „Lasst mich auch mal!"

„Stell dich hinten an, Hexe!", sagt Hakun, der Fleischer.

„Aber ihr seid bestimmt alle schon den ganzen Tag mit der Bahn gefahren und ich noch nicht!"

„Hier wird nicht vorgedrängelt!“, meint Olum, der als erster in der Schlange steht und darauf wartet, dass Birta den Hebel umlegt und die Bahn, in der Magolus gerade seine Runden dreht, anhält.

Ruuna kramt in ihrer Robe. Sie holt einen Glaskolben mit einer gelben Flüssigkeit hervor. „Oh, was haben wir denn hier?“, fragt sie. „Das ist ja ein Stinktrank!“

Sie macht eine ungeschickte Bewegung. Das Glasgefäß fällt auf den Boden und zerbricht. Gelbliche Dämpfe steigen auf, und ein grässlicher Gestank breitet sich aus.

„Oh, hoppla!“, sagt die Hexe. „Jetzt ist er mir aus Versehen runtergefallen!“

Die Dorfbewohner halten sich die Nasen zu und ergreifen die Flucht, so dass Ruuna die Kreisbahn für sich allein hat.

„Ich fühle mich nicht so gut“, sagt Golina zu den anderen. „Ich glaube, ich gehe jetzt ins Bett. Wir können morgen überlegen, was wir tun. Willert, du und Ruuna könnt gern bei mir übernachten.“

„Danke“, sagt Willert. „Wir kommen zu dir, sobald ich Ruuna aus der Kreisbahn herausbekomme. Das kann aber noch dauern.“

„Gute Besserung!“, wünschen Margi und Kolle.

Golina geht in Primos Elternhaus, das ihr jetzt, wo Primo und Nano verschwunden sind, fremd und viel zu groß vorkommt. Als sie sich ins Bett legen will, fällt ihr Blick auf die Endertruhe. Sie öffnet sie und findet zu ihrem Erstaunen einen Zettel. Als sie ihn liest, macht ihr Herz einen Freudensprung.

Sie rennt aus dem Haus. Draußen kommt ihr Willert entgegen, der Ruuna im Arm hält. Die Hexe sieht ganz grün im Gesicht aus.

„Was ist denn mit dir passiert?“, fragt Golina.

„Mir ... ist ... in der ... Kreisbahn ... schlecht ... geworden“, stöhnt Ruuna.

„Ich glaube, das mit dem Stinktrank war keine so gute Idee“, kommentiert Willert. „So geht es, wenn man alles für sich allein haben will.“

„Aber ... die anderen ... wollten mich ... nicht fahren lassen!“, jammert die Hexe.

„Seht mal, was ich in der Endertruhe gefunden habe!“, ruft Golina und hält den Zettel hoch.

„Eine Nachricht vom obersten Enderman?“, fragt Willert.

„Nein, eine Nachricht von Primo! Der Traum stimmte: Er ist oben auf dem Himmelsturm, in Notchs Haus. Und Nano ist bei ihm!“

„Im Haus des Schöpfers?“, fragt Willert zweifelnd.

„Klar stimmte der Traum“, sagt Ruuna.

„Wir müssen sofort zu ihnen!“, drängt Golina.

„Das hat bestimmt Zeit bis morgen“, sagt Willert. „In der Nacht zu reisen wäre zu gefährlich. Jetzt ruh dich erst mal aus. Bei Sonnenaufgang begleiten Ruuna und ich dich zum Himmelsturm.“

„Erst muss ich Primos Vater, Kolle und Margi von der Nachricht erzählen", sagt Golina und rennt freudestrahlend zum Haus ihrer Eltern auf der anderen Straßenseite.

13. Das Dorf am Rande der Schlucht

Primo und Nano folgen den Anweisungen des Priesters und stapfen am nördlichen Ufer des Flusses, der die Wüste begrenzt, entlang Richtung Osten. Bald erreichen sie einige stachelige grüne Gebilde, die am Ufer stehen.

„Was sind das für seltsame Bäume ohne Blätter, Papa?“, fragt Nano.

„Man nennt sie Kakteen“, erklärt Primo. Wieder hat er den Eindruck, dass sich sein Sohn irgendwie verändert hat, doch er weiß nicht genau, wie.

„Ich klettere mal auf einen dieser Bäume“, erklärt Nano.

Ehe Primo ihn daran hindern kann, rennt er los, doch kurz darauf schreit er auf und hält sich die Hand. „Blöder, blöder Baum!“, ruft er. „Der hat mir wehgetan!“

„Kakteen haben nun mal Stacheln“, sagt Primo. „Es ist besser, man hält sich von ihnen fern.“

Sie stapfen weiter durch den Sand.

„Mir ist heiß, Papa!“, stöhnt Nano kurze Zeit später. „Darf ich ein bisschen im Fluss baden?“

Primo, der von der Wanderung erschöpft ist, stimmt zu. Er setzt sich ans Ufer, während sein Sohn im flachen Wasser herumplantscht.

Plötzlich schreit Nano auf. „Hilfe! Hilfe! Ein Monster!“ Er rennt aus dem Fluss, als sei ein Knallschleicher hinter ihm her, und deutet auf ein schwarzes Tier, das seine acht Arme aus dem Wasser reckt.

„Das ist bloß ein Tintenfisch", erklärt Primo. „Vor dem musst du keine Angst haben."

„Woher weißt du so viel, Papa?"

„Ich bin eben schon viel herumgereist."

„Wenn ich groß bin, will ich auch mal so schlau werden wie du, Papa!"

Das macht Primo ziemlich stolz. Sie setzen den Weg fort. Kurz darauf macht der Fluss eine Biegung nach Süden, in Richtung eines Gebirges. Entsprechend den Anweisungen des Priesters gehen sie geradeaus weiter und erreichen den Rand der Wüste. Links von ihnen brodelt Lava in einem kleinen Teich.

„Darf ich da auch mal drin baden?", fragt Nano.

„Das lässt du besser sein. Das ist Lava, die ist sehr heiß. Wenn du ihr zu nahe kommst, fängst du Feuer wie ein Nachtwandler am Tag."

„Was ist ein Nachtwandler, Papa?"

„Ich fürchte, das wirst du bald herausfinden", sagt Primo mit Blick auf die Sonne, die den Zenit bereits überschritten hat.

Ihr Weg führt sie weiter durch hohes, bräunliches Gras, unter Bäumen mit flachen Kronen hindurch. Es dauert nicht lange, da sehen sie in der Ferne Hausdächer.

„Papa, sieh mal!", ruft Nano. „Wir sind Zuhause!" Er rennt los.

„Nicht so schnell!", ruft Primo, während er seinem ungestümen Sohn nachläuft. „Pass auf, wo du hintrittst, sonst fällst du noch ..."

Vor ihnen gähnt unvermittelt ein Abgrund. Nano versucht, abzubremsen, doch der Schwung seiner Bewegung lässt ihn vornüber kippen, während er verzweifelt mit den Armen rudert. „Aaah!", schreit er, als er über die Kante stürzt.

Primo versucht, ihn festzuhalten, und erwischt den Zipfel seiner Robe. Er stolpert und fällt auf den Bauch, doch er lässt nicht los. So kann er gerade noch verhindern, dass sein Sohn in den sicheren Tod stürzt.

„Gib mir eine Hand, Nano!", ruft er.

Ächzend zieht er den Jungen an der steilen Felswand herauf. Einen Moment liegen sie beide keuchend neben der Schlucht im Gras. Nano weint bittere Tränen.

„Es tut mir leid, Papa!", schluchzt er. „Ich habe nicht auf dich gehört und wäre beinahe in das Loch gefallen. Das hätte bestimmt wehgetan."

„Ja, das hätte es", sagt Primo. „Nun komm, lass uns weitergehen, und sei nächstes Mal etwas vorsichtiger."

„Ja, Papa."

Das Dorf auf der anderen Seite liegt an einer Schlucht, aber es ist genauso wenig Primos Heimatdorf, wie das Wüstendorf, das sie heute Morgen besucht haben, der Ort ist, aus dem Margi und Ruuna stammen. Sie umrunden die Schlucht, die etwas schmaler ist als die zuhause, aber ebenso tief.

Schon kommt ihnen eine Delegation von Dorfbewohnern entgegen. Auch diese wird angeführt von einem Priester.

„Willkomme im Dorf am Rand dr Schluchd, Fremde“, sagt er mit feierlicher Stimme. „Wr seid ihr, und wohr kommd ihr?“

„Ich bin Primo, und das ist mein Sohn Nano. Wir kommen, äh, aus dem anderen Dorf am Rand der Schlucht.“

„Was redesch da für oin Unsinn? Es gibd koi anders Dorf am Rand oir Schluchd, hajo, so isch des!“

Primo hat allmählich die Knollnase voll von überheblichen Priestern. „Es gibt sehr wohl noch mindestens ein weiteres Dorf am Rand einer Schlucht“, widerspricht er. „Da kommen wir nämlich her. Und, wenn ich mir die Bemerkung erlauben darf, unsere Schlucht ist ein ganzes Stück breiter als eure!“

„Das stimmt!“, bestätigt Nano. „Was mein Papa sagt, stimmt immer!“

„Ihr lügd! Des isch Kedzerei, hajo, so isch des! Es gibd nur oi Dorf am Rand oir Schluchd, und des isch diess. Koi anders Dorf isch so groß odr so schön wie unsers, gell? Wr ebbes anders behaubded, isch oi elendr Kedzr, hajo, so isch des!“

„Gar nicht wahr, du Doofmann!", ruft Nano. Primo macht ihm ein Zeichen, dass er sich zurückhalten soll, doch sein Sohn ist so wenig zu bremsen wie Kolle, wenn er einen Wutanfall bekommt. „Wir kommen aus dem anderen Dorf am Rand der Schlucht", ruft er, „und das ist viel schöner als eures! Hajo, so isch des!"

Das Gesicht des Priesters läuft fast so purpurfarben an wie seine Robe, und er scheint sich aufzublähen wie ein Knallschleicher kurz vor der Explosion.

„Des isch Kedzerei", schimpft er. „Prieschderbeleidigung! Dorfverhedzung, hajo, so isch des! Ergreifd sie und schberrd sie in d Höhle undr dem Dorf, gell?"

Die anderen Dorfbewohner umzingeln die beiden. Primo überlegt, ob er sein Schwert ziehen und den unfreundlichen Dörflern eine Lektion erteilen soll. Doch die Gefahr, dass Nano im Kampf verletzt wird, erscheint ihm zu groß. Also lässt er es zu, dass sie beide gepackt und davon gezerrt werden.

Man bringt sie zu einer gähnenden, schwarzen Öffnung, die direkt unterhalb von zwei Holzhäusern ins Erdinnere führt.

„Ich will nicht in das dunkle Loch!", jammert Nano. „Bitte nicht! Ich hab Angst!"

„Hör auf z schwätza, Gefangenr!", meckert der Priester.

Zorn steigt in Primo auf, doch er beherrscht sich.

In diesem Moment ertönt aus der Dunkelheit ein tiefes *Unngh*.

„Was war das, Papa?“, fragt Nano mit zitternder Stimme.

„Hab keine Angst, Nano“, beruhigt ihn Primo. „Das ist nur ein Nachtwandler. Mit dem werden wir schon fertig.“

„Los, roi da!“, ruft der Priester. Die anderen Dorfbewohner schubsen Primo und Nano in die Dunkelheit. Dann schütten sie den Eingang mit Sandblöcken zu, so dass Primo und Nano in vollständige Finsternis getaucht sind.

Unngh!

Nano klammert sich an seinen Vater. „Papa, ich hab Angst!“, jammert er.

Primo entzündet eine Fackel und befestigt sie an der Wand. Im flackernden Licht sehen sie eine Gestalt mit grünlicher Haut, die mit ausgestreckten Armen auf sie zu wankt.

„Bleib dicht hinter mir, mein Sohn“, sagt Primo und zieht sein Schwert.

Der Nachtwandler greift an. Nano schreit auf vor Schreck, doch Primo hat inzwischen mehr als genug Erfahrung im Kampf mit Monstern. Mit zwei schnellen Hieben erledigt er den Gegner, der sich rasch auflöst und nur ein paar Fetzen fauligen Fleisches zurücklässt.

Nano jubelt. „Ha, du hast ihn kaputt gemacht! Bravo, Papa!“

Primo grinst. Es macht viel mehr Spaß, Monster zu verhauen, wenn man dafür so gelobt wird.

Rasch erkunden sie die Höhle und befestigen Fackeln an den Wänden. Sie ist nicht sehr groß, und außer dem einen Nachtwandler gibt es keine weiteren Monster. An einer Seite führt ein Gang zu einer Öffnung in der Wand der Schlucht. Ein schmaler Felsgrat bildet einen Übergang zur anderen Seite.

Vorsichtig klettern Primo und Nano über den Grat. Auf der anderen Seite führt ein treppenartiger Aufstieg nach oben.

„Sei vorsichtig, Nano! Pass auf, wo du hintrittst!“

„Ja, Papa!“

Die beiden schaffen es, aus der Schlucht herauszuklettern. Während sich die Sonne bereits dem Horizont zuneigt, betreten sie erneut das Dorf. Aufgeregt laufen die Dorfbewohner von allen Seiten zusammen.

„Die Kedzr sind wiedr da!“, ruft ein Mann mit dem Umhang eines Schmieds.

„Wie isch des möglich?“, fragt ein anderer. „Dr Eingang dr Höhle isch doch immr no mid Sand verschberrd!“

„Die Fremde könne zauberet, hajo, so isch des!“, ruft ein Dritter.

„Unsinn!“, schimpft der Priester. „Werfd sie ebe no oimol in d Höhle, gell?“

„Findesch nedd, mir sollde ebbes freindlichr z den Fremde soi, Motzus?“, fragt eine Frau in dem braunen Gewand einer Bäuerin.

„Abr d hend behaubded, s gäb no oi anders Dorf am Rand oir Schluchd, Lisl!“

„Und wohr willsch wisse, dess des nedd schdimmd?“

„Abr des darf nedd soi! Und was nedd soi darf, des kann au nedd soi, so schdehd's im Heilige Buch. Hajo, so isch des!“

Primo hebt eine Hand. „Hört mich an, Bewohner dieses schönen Dorfes! Es stimmt, wir kommen von weit her, von einem anderen Dorf an einer anderen Schlucht. Aber unser Dorf ist nicht schöner als eures, nur anders. Alles, was wir wollen, ist in unsere Heimat zurückkehren. Wenn ihr es erlaubt, dann würden wir gern die Nacht bei euch verbringen. Gleich morgen früh ziehen wir weiter.“

„Na, wenn des so isch, vo mir aus“, sagt der Priester. „Abr glaubd bloß nedd, dess ihr in dr Kirche übernachde könnd, gell?“

„Ihr könnd mid z mir und moim Mann Simo, dem Schmied, komme“, sagt die freundliche Bäuerin. „Bei uns isch Pladz genug!“

So verbringen Primo und Nano eine angenehme Nacht in dem gemütlichen Haus des Dorfschmieds und seiner Frau. Als Primo erzählt, dass sein Vater ebenfalls Schmied ist, entsteht eine angeregte Unterhaltung. Staunend hören Simo und Lisl zu, wie Primo von seinen Abenteuern berichtet.

„Des mussch unbedingd alls unserem Bibliothekar verzähle, Primo!", sagt Simo. „Der denkd si auch immr abendeierliche Geschichde aus, hajo, so isch des!"

„Ich fürchte, dafür haben wir keine Zeit", sagt Primo. „Wir müssen den Weg zurück zu unserem Dorf finden. Ihr wisst ja leider nicht, in welcher Richtung das andere Dorf am Rand der Schlucht liegt."

„Noi, des wisse mir nedd", sagt Lisl. „Abr vielleichd könne eich d Bewohnr in oim dr beide Wüschdendörfr weiderhelfe, gell?"

„Moment mal, sagtest du ‚beide Wüstendörfer'? Heißt das, es gibt zwei?"

„Freilich gibd's zwei. Des nördliche und des südliche Wüschdendorf. Des oi liegd im Weschde und des andere au, abr weidr nördlich, wie dr Nam scho sagd. Am beschde gehd ihr ersch mol zum südliche Wüschdendorf und fragd dord no dem Weg, gell?"

14. Der Himmelsturm

Früh am nächsten Morgen brechen Golina, Margi, Kolle, Ruuna, Willert und Primos Vater Porgo auf.

Golina hat am Abend zuvor eine Nachricht in der Endertruhe deponiert: *Wir kommen euch abholen. Ruuna hat einen Flugtrank gebraut. Haltet durch! In Liebe, Golina.* Heute Morgen hat sie nachgesehen und gehofft, Primo könnte ihre Nachricht gefunden und durch eine eigene ersetzt haben. Doch das ist nicht geschehen, ihre Nachricht liegt immer noch in der Truhe. Das verursacht Golina ein vages Unwohlsein, aber sie will jetzt nicht darüber nachdenken.

Gegen Mittag erreichen sie die Wüste im Osten und wenden sich nach Norden. Die Sonne geht bereits unter, als in der Ferne endlich der riesige Himmelsturm aufragt, eine gigantische senkrechte Säule aus Stein.

„Wir sollten ein Nachtlager aufschlagen“, meint Porgo. „Zu versuchen, in der Nacht auf den Berg zu gelangen, wäre töricht.“

„Nicht weit von hier gibt es eine Höhle, in der Primo und ich übernachtet haben, als wir das erste Mal hier waren“, sagt Kolle. Er führt sie zu dem Loch in der Erde, in dem noch Fackeln von ihrem letzten Besuch an den Wänden hängen.

In dieser Nacht schläft Golina unruhig. Sie träumt, von Monstern verfolgt zu werden, in eine Schlucht zu fallen und mit seltsamen, bunten Pilzen über das Wetter zu sprechen. Also ganz gewöhnliche Träume, die nichts zu bedeuten haben.

Mitten in der Nacht wacht sie auf. Leise, um die anderen nicht im Schlaf zu stören, geht sie zum Eingang der Höhle, den Kolle und Porgo gestern Abend mit Sand zugeschüttet haben. Sie entfernt einen Sandblock und lauscht einen Moment lang hinaus in die Nacht. Durch die Öffnung kann sie ein paar Sterne am Himmel erkennen. Die Nacht ist klar und alles scheint ruhig zu sein.

Vorsichtig entfernt sie einen zweiten Sandblock und tritt hinaus in die Dunkelheit. In der Ferne hört sie Knochenklappern und das traurige *Unngh* eines Nachtwandlers. Am Horizont löscht der Himmelsturm die dahinter liegenden Sterne aus und formt so eine pechschwarze Silhouette. Sie hoffte, hoch oben auf der Felsnadel einen Lichtpunkt zu sehen, der auf die Anwesenheit von Primo und Nano hindeutet. Doch der Gipfel des Bergs ist dunkel.

Ein leises Zischen erklingt hinter ihr. Sie dreht sich um und starrt in das mürrische Gesicht eines Knallschleichers, der sich von hinten an sie herangepirscht hat und bereits dabei ist, sich aufzublähen.

Golina schreit vor Schreck und rennt davon. Im selben Moment explodiert der Knallschleicher mit einem gewaltigen Krachen. Der Druck der Explosion wirft sie zu Boden.

Halb betäubt rappelt sich Golina auf, nur um zwei Nachtwandler auf sich zu wanken zu sehen, die offenbar vom Knall angelockt wurden.

Dummerweise hat sie keine Waffe dabei. Also bleibt ihr nur die Flucht. Doch in ihrer Angst und Verwirrung weiß sie auf einmal nicht mehr, in welcher Richtung die rettende Höhle liegt.

Blindlings rennt sie in die Nacht. Schon nähert sich von links Knochenklappern, während weiter vorn mehrere *Unnghs* zu hören sind. Es ist, als machten die Monster systematisch Jagd auf sie, genau wie in dem Traum. Vielleicht träumt sie ja immer noch? Doch das hier fühlt sich schrecklich real an.

„Golina!", ruft jemand hinter ihr.

Sie blickt zurück und sieht Willert, der mit einer Fackel winkt. Jetzt hat sie wenigstens einen Orientierungspunkt. Sie rennt im Bogen darauf zu, doch zwei Nachtwandler blockieren ihren Weg. Verzweifelt bleibt sie stehen. Sie ist von Monstern umzingelt!

Plötzlich fliegen die beiden Nachtwandler durch die Luft wie Geschosse, und hinter ihnen taucht ein wütender Kolle auf. Gemeinsam schlagen die Gefährten alle Monster in die Flucht. Erleichtert, aber auch tief erschüttert kehrt Golina in die Höhle zurück.

„Was hast du dir dabei gedacht, allein da draußen in der Dunkelheit herumzulaufen?", fragt Margi.

„Es ... es tut mir leid. Ich konnte nicht schlafen, und da dachte ich, vielleicht sehe ich oben auf dem

Himmelsturm ein Licht. Und dann war plötzlich ein Knallschleicher hinter mir …“

„Zum Glück sind wir durch den Knall geweckt worden“, meint Porgo. „Sonst wären wir vielleicht nicht rechtzeitig aufgewacht, um dich zu retten.“

„Es tut mir wirklich sehr leid. Es war dumm von mir.“

„Du hast wohl zu viel Zeit mit meinem Sohn verbracht“, sagt Porgo lächelnd. Dann wird er wieder ernst. „Hast du denn ein Licht gesehen?“

„Leider nicht.“

„Das muss nichts heißen“, meint Willert. „Wir wissen nicht, wie es da oben auf dem Himmelsturm aussieht. Vielleicht ist das Haus, von dem Primo geschrieben hat, hinter einem Felsen verborgen oder so.“

„Vielleicht“, sagt Golina. Doch in ihrem Traum war die Spitze des Berges flach.

Sie warten bis zum Tagesanbruch und setzen dann ihren Weg fort, vorbei an Knochenmännern und Nachtwandlern, die wie lebende Fackeln in der Wüste herumlaufen, bevor sie sich auflösen.

Schließlich erreichen sie den Fuß des gewaltigen Bergmassivs. Sie klettern den stufenartigen, mit hohem Gras bewachsenen Hang hinauf, bis er zu steil wird.

Die Köpfe in den Nacken gelegt, blicken sie an der senkrechten Felswand empor. Hoch oben ziehen Wolken vorüber.

„Das ist aber ganz schön hoch!“, stellt Ruuna fest.

„Sieht irgendwer ein Haus oder so?“, fragt Golina.

Alle verneinen.

„Und was machen wir jetzt?“, fragt Kolle.

„Einer von uns muss da rauf und nachsehen“, sagt Willert. „Leider haben wir nur einen Flugtrank. Ich schlage vor, ich übernehme das.“

„Du? Wieso denn du?“, fragt Ruuna.

„Weil ... weil ich nun mal dein Freund bin, und falls etwas mit dem Trank schiefgeht ...“

„Was soll denn da schiefgehen?“

„Ich mache das“, sagt Golina. „Schließlich sind es mein Geliebter und mein Sohn, die dort oben sind. Es ist sehr lieb von euch, dass ihr mich bis hierher begleitet habt, aber nun muss ich den letzten Teil des Wegs allein gehen, oder besser gesagt fliegen.“

„Na gut“, sagt Ruuna und gibt ihr die violett leuchtende Flasche. „Hier, trink nicht alles auf einmal, damit du wieder runterkommst.“

„Wie kommt man denn wieder runter?“

„Die Wirkung des Tranks lässt irgendwann nach, dann fällst du zu Boden wie ein Stein ... ach nein, Steinblöcke fallen ja nicht. Wie ein Kiesblock.“

„Aber ... aber dann sterbe ich ja!“

„Während du abstürzt, musst du schnell einen ganz kleinen Schluck aus der Flasche trinken. Genug, um dich leicht zu machen, aber nicht so viel, dass du wieder aufsteigst. Das ist ganz einfach."

„Hast du das schon mal gemacht?"

„Äh, nein. Bisher konnte ich den Trank noch nicht selber ausprobieren. Aber so steht es in dem alten Buch, aus dem ich das Rezept habe. Mach dir keine Sorgen, ich bin sicher, alles wird problemlos klappen."

„Soll ich das nicht vielleicht doch übernehmen?", bietet sich Willert an.

„Nein", sagt Golina mit fester Stimme. Sie setzt den Glaskolben an den Mund und trinkt einen großen Schluck.

15. Das nördliche Wüstendorf

Am nächsten Morgen verabschieden sich Primo und Nano herzlich von ihren Gastgebern. Die Sonne geht gerade auf, als sie aus dem Haus treten. In der Nähe wankt ein Nachtwandler herum. Als er Feuer fängt, ruft Nano: „Guck mal, Papa! Der Nachtmann hat in Lava gebadet!“

Ein seltsames Geräusch ertönt. Auf der anderen Seite der Schlucht materialisiert plötzlich eine schwarze Gestalt und sieht Primo mit leuchtenden Augen an.

„Was ist denn das für ein schwarzer Mann?“, fragt Nano.

„Das ist ein Schattenmann“, erwidert Primo. „Sieh ihm nicht in die Augen. Das mögen sie nicht.“

Im nächsten Moment verschwindet der Enderman wieder.

„Ist er böse, der Schattenmann?“

„Nein, eigentlich sind sie nicht böse. Sie leben an einem fernen Ort, den man das Ende nennt. Manchmal kommen sie zu uns in die Oberwelt. Normalerweise sind sie friedlich. Aber es gibt einen, der sehr böse ist. Er heißt Artrax. Er war im Dorf gefangen, aber irgendwie ist er befreit worden. Ich dachte damals, du wärst das gewesen und er hätte dich mitgenommen.“

„Du meinst den schwarzen Mann, der mit der Kreisbahn gefahren ist?“

„Ja, genau.“

„Papa, wenn wir zurück in unserem Dorf sind, darf ich dann auch mal mit der Kreisbahn fahren?“

Primo lächelt. „Natürlich, mein Sohn.“ Doch dann wird ihm klar, dass er gar nicht weiß, wie er jemals den Weg zurück zum Dorf finden soll.

Sie machen sich auf den Weg Richtung Westen. Gegen Mittag erreichen sie das Wüstendorf am Fuß des steilen Bergs.

„Alois, de Verruggdn san wieda do!“, ruft einer der Dorfbewohner.

„Wos macht ihr denn scho wieda do?“, fragt der Priester. „Hobt ihr des Doaf am Rand da Schlucht ned gefundn?“

„Doch“, erklärt Primo. „Aber es war nicht das Richtige.“

„Ned des Richtige? Wos soi denn an am Doaf am Rand da Schlucht ned richtig sei?“

„I sog doch, de san voikomma verruggt!“, meint einer der anderen Dorfbewohner.

„Jedenfalls wollen wir jetzt zum nördlichen Wüstendorf“, sagt Primo. „Könnt ihr uns sagen, wie wir dorthin kommen?“

Der Priester zieht seine Augenbrauen herab und beäugt ihn misstrauisch. „Ihr woit zum nördlichn Wüstendoaf? Wos woit ihr denn do?“

„Vielleicht ist es das Dorf, aus dem Ruuna, unsere Hexe, stammt, und Margi, die Bibliothekarin. Wenn es so ist, dann finden wir von dort aus den Weg zu unserem Heimatdorf."

„Mid desn Ketzern aus am nördlichn Wüstendoaf woin mia nix zua doa hom", sagt der Priester unfreundlich. „Sucht eich seibsd den Weg thin." Damit wendet er sich um und lässt Primo und Nano allein.

„Kann uns nicht irgendwer sagen, in welcher Richtung das Dorf liegt?", fragt Primo, doch die anderen Dorfbewohner schütteln nur ihre Köpfe.

„Nur Verruggte woin zum nördlichn Wüstendoaf", murmelt einer, bevor auch er in seinem Haus verschwindet.

„Die sind aber nicht nett", stellt Nano fest."

„Nein, das sind sie nicht. Aber das macht nichts, wir wissen ja, dass wir nach Norden gehen müssen."

Er will sich gerade auf den Weg machen, als Nano aufgeregt in Richtung des steilen Bergs zeigt.

„Guck mal, Papa!", ruft er. „Der Mann ohne Nase!"

Primo dreht sich überrascht um. Tatsächlich, da kommt der Fremde den Hang am Fuß des Berges herab auf sie zu! Also war er es, der das Haus oben auf dem Berg gebaut hat, und nicht Notch.

Nanu, sagt der Fremde, als er das Dorf erreicht. *Ihr beide kommt mir irgendwie bekannt vor. Bist du nicht das Kind, das plötzlich in der Endertruhe war? Aber du siehst auf einmal viel größer aus.*

„Hast du verstanden, was er gesagt hat, Papa?"

„Leider nicht, mein Sohn. Nur Willert spricht die Sprache der Fremden."

Und du erinnerst mich an den merkwürdigen Dorfbewohner, der mir damals in den Wald gefolgt ist, sagt der Fremde. *Aber das kann nicht sein. Das Dorf am Rand der Schlucht ist viel zu weit weg, als dass ein Dörfler von dort hier in die Gegend gelangt sein könnte.*

„Vielleicht kennt der Mann ohne Nase den Weg zu unserem Dorf", sagt Nano.

„Das ist durchaus möglich", stimmt Primo zu. „Er war schon mehrmals bei uns zu Besuch. Aber leider können wir ihn nicht nach dem Weg fragen."

Ich glaube, ich gehe mal wieder zu diesem merkwürdigen Dorf am Rand der Schlucht, sagt der Fremde. *Die Bewohner dort sind jedenfalls interessanter als die in den Dörfern hier in der Gegend. Macht's gut, ihr beiden!*

Er hebt eine Hand, dann wendet er sich um und marschiert Richtung Westen.

Nano zeigt auf den Fremden. „Komm, Papa, lass uns mit ihm gehen!"

Primo schüttelt den Kopf. „Das hat keinen Sinn, mein Sohn. Wir müssen den Weg zu unserem Dorf finden. Wir gehen nach Norden!"

Also machen sie sich auf den Weg.

„Warum hatte der Mann eigentlich keine Nase?“, fragt Nano. „Hat er sie verloren?“

Primo lacht. „Nein. Die Fremden haben alle keine. Willert hat mir erzählt, dass sie aus einer anderen Welt kommen, die Kugelwelt heißt. Aber ich weiß nicht, ob das stimmt.“

„Was ist denn das, eine Kugelwelt?“

„Das ist eine Welt, in der alles rund ist, und nicht eckig wie bei uns.“

„Was bedeutet rund, Papa?“

„Na eben nicht eckig, besser kann ich das auch nicht erklären“, sagt Primo. „Nun frag nicht so viel und spar dir deine Kraft für den Weg!“

„Ist es noch weit, Papa?“, stöhnt Nano nach einer Weile. „Ich mag nicht mehr laufen!“

Primo sieht sich um. Die Sonne steht schon ziemlich tief. Vielleicht sollten sie sich besser einen Unterschlupf für die Nacht suchen. In der Nähe eines flachen Sees entdeckt er ein kleines Gebäude mit Säulen und einem schmalen Dach. In so einem Brunnen hat er bereits bei seiner ersten Wüstendurchquerung übernachtet. Er zeigt darauf.

„Da vorne können wir eine Pause machen!“

Nano ist begeistert, als er sieht, dass das kleine Haus ein Wasserbecken enthält, in dem er nach Herzenslust plantschen kann. Inzwischen dichtet Primo die Zwischenräume zwischen den Säulen mit Sand ab.

„Warum machst du das, Papa?“

„Damit wir vor den Monstern der Nacht sicher sind.“

„Aber du bist doch stärker als die Monster, Papa! Du kannst sie kaputt machen!“

Primo lächelt. „Es gibt viele Monster da draußen, und einige sind gefährlicher als Nachtwandler. Da gibt es zum Beispiel Knochenmänner, die mit spitzen Pfeilen nach dir schießen, und Knallschleicher, die sich anschleichen und explodieren.“

„Papa, zeigst du mir, wie man Monster kaputt macht?“

„Dazu bist du noch zu klein, Nano. Später vielleicht.“

„Aber ich bin nicht mehr klein!“

Primo stellt erstaunt fest, dass es stimmt: Nano ist größer geworden. Er reicht ihm jetzt schon bis zur Brust. Und auch seine Sprache hat sich verändert, fällt Primo auf. Ein wenig beunruhigt darüber, wie schnell sein Sohn größer wird, setzt er die Arbeit an der Behelfsunterkunft fort.

„Mir ist kalt, Papa!“, sagt Nano, nachdem die Sonne untergegangen ist.

„So ist nun mal die Wüste, mein Sohn. Tagsüber ist es heiß, nachts ist es kalt.“

„Die Wüste ist blöd!“

Von draußen hört man das Klappern von Knochenmännern und das Stöhnen der Nachtwandler.

„Wo kommen eigentlich die Monster her?", fragt Nano.

„Das weiß niemand genau. Aus Höhlen in der Erde vielleicht. Jetzt versuch, ein bisschen zu schlafen!"

„Ich kann aber nicht schlafen."

„Warum nicht?"

„Mir ist kalt. Und ich muss immer an Mama denken, und dann bin ich traurig."

Primo nickt. „Ja, ich auch."

„Papa?"

„Ja, Nano?"

„Finden wir wirklich den Weg zurück zu unserem Dorf?"

„Ja, den finden wir", sagt Primo. „Ganz bestimmt, mein Sohn." Er hofft, dass Nano ihm seine Sorgen und Verunsicherung nicht anhört.

Endlich ist die Nacht vorüber und sie können die kühle und feuchte Unterkunft verlassen. Sie gelangen an eine steile Sanddüne, deren Abhang aus Sandstein besteht und senkrecht abfällt. Als sie sie umrunden, sehen sie die Häuser eines kleinen Dorfs. Leider ist es nicht das Heimatdorf von Ruuna und Margi, so viel ist auf den ersten Blick zu erkennen. Doch Primo hat nach all den Enttäuschungen auch kaum noch damit gerechnet.

Auch hier werden sie bald entdeckt und von einer Delegation neugieriger Dorfbewohner empfangen.

„Na souwos, Bsuch!“, ruft einer von ihnen.

„Wu kumme die denn her?“, fragt ein anderer.

„Na, ausm Süde, des sieht mär doch!“, sagt ein dritter.

„Ausm Süde? Doann sinn des womöglisch Spione ausm südlischen Wüschdendorf!“, sagt er erste.

„Woas wollt ehr do, ehr Spione?“, fragt der zweite.

„Macht, dass ehr fortkummt!“, sagt der Dritte. „Mer wolle do koa Spione ausm südlischen Wüschdendorf!“

„Was sind denn Spione, Papa?“, fragt Nano.

Primo zuckt mit den Schultern. „Ich frage mich, warum die immer alle so unfreundlich zu Fremden sein müssen! Könnte man nicht etwas offenherziger und großzügiger sein?“

„Ufraindlisch? Mer? Ehr ausm südischen Wüschdendorf seid 's doch, die als ufraindlisch zu uns seid!“

„Aber wir sind nicht aus dem südlichen Wüstendorf!“, ruft Primo genervt. „Wir stammen aus dem Dorf am Rand der Schlucht, und zwar aus dem richtigen. Wir wollen bloß unsere Heimat wiederfinden!“

„Woas, ehr seid nedd ausm südlischen Wüschdendorf?“, ruft der erste Dorfbewohner. „Säjgd des doch glei!“

„Wu genaa lait denn des Kaff, zu dem ehr wollt?“, fragt der zweite.

„Wenn wir das wüssten, bräuchten wir ja eure Hilfe nicht!“, seufzt Primo.

Die drei Dorfbewohner sehen sich an, dann tuscheln sie untereinander.

„Also, isch glaab joh, des sinn doch Spione ausm Wüschdendorf!“

„Uff jede Fall sinnse nedd vunn do! Besser, mer schicke se weg.“

„Joh, schicke mer se zurick zum südlischen Wüschdendorf!“

„Äwwer vunn dord kumme se doch groad!“

„Joh, äwe!“

„Äwwer woas, woannse doa nedd hinwolle?“

„Doann schicke mer se äwe zum Kaff oam Rand des Sumpfs.“

„Joh, des is e gude Idee. Des is weit weg. Doann sinn mer se lous.“

Der erste Dorfbewohner wendet sich an Primo. „Also, mer sinn ziemlisch sischer, dass des Kaff, des ehr suchd, im Noade lait. Goanz weit im Noade! Vielleischt aa nedd, äwwer des is jetz mol des oanzische oannere Kaff, des mer noch kenne. Außerdem babbeln die Leit doa aa sou seltsam wie ehr.“

Primo horcht auf. „Die Leute in dem Dorf im Norden sprechen so wie wir?“

„Joh, jedenfalls sou ähnlisch. Äwe merkwürdisch.“

„Und wie kommen wir zu diesem Dorf?“

„Als geradeaus noach Noade." Der Dorfbewohner zeigt die Richtung an. „Woann ehr im Sumpf nasse Fies krieht, seid ehr zu weit gelaafe."

„Vielen Dank! Ihr wart uns eine große Hilfe!"

„Gern gschäje!"

16. Golinas Flug

Golina wird schwindelig. Alles dreht sich um sie, und auf einmal ist ihr sehr schlecht. Ruunas Tränke haben offensichtlich Risiken und Nebenwirkungen. Vielleicht sollten Hexen, die Zaubertränke herstellen, verpflichtet werden, darauf hinzuweisen.

„Es funktioniert!", ruft Margi.

„Natürlich funktioniert es!", sagt Ruuna.

Golina sieht nach unten und bekommt einen Schreck. Ihre Freunde sind tief unter ihr und blicken zu ihr hoch. Und sie entfernt sich immer weiter!

Langsam schwebt sie empor. Vor ihr ragt die senkrechte Felswand auf. Rechts ist ein hoher Berg zu sehen, der jedoch bei weitem nicht so groß ist wie der Himmelsturm. Links erstreckt sich die Wüste, die hinter ihr von einem Fluss begrenzt wird. Das Wüstendorf ist von hier aus nicht zu sehen.

Immer höher steigt sie auf. Nach einer Weile wird sie von Nebel eingehüllt, der sich kühl anfühlt. Sie muss jetzt in den Wolken sein. Doch immer noch lässt Ruunas Trank sie emporschweben.

Als sie die Wolkendecke durchbricht, kann sie die Freunde tief unten kaum noch erkennen. Sie hat einen dicken Kloß im Hals, und ihr ist immer noch schwindelig. Wird sie jemals wieder heil auf den Boden zurückkehren? Auf einmal kommt ihr die Idee, auf den Himmelsturm zu fliegen, wahnsinnig vor.

Was, wenn Primo gar nicht dort oben ist? Und selbst wenn, wie soll sie ihn und Nano heile nach unten bekommen, mit nur einer halben Flasche Flugtrank? Doch nun ist es zu spät für Zweifel.

Sie blickt nach oben. Obwohl sie nun schon über den Wolken ist, ragt der Himmelsturm immer noch hoch über ihr auf. Wird der Zaubertrank ausreichen, um sie auf den Gipfel zu befördern? Sie hat das Gefühl, dass der Aufstieg langsamer wird. Oder ist das bloß Einbildung?

Ein Dutzend Blöcke über ihr befindet sich ein Felsvorsprung, der langsam näher kommt und sich über ihr wölbt wie ein Dach. Schließlich stößt sie mit dem Kopf dagegen. Die Felsblöcke verhindern, dass sie noch höher schweben kann.

Schlimmer noch, sie merkt, wie die Wirkung des Tranks nachlässt! Zuerst langsam, dann immer schneller sackt sie ab.

Schräg unter ihr, hinter einer Ecke der Felswand, befindet sich ein schmaler Vorsprung, der mit Erde bedeckt ist. Ein Baum mit hohem Stamm und flachem Blätterdach wächst dort.

Golina hangelt sich mit einer Hand an der Felswand entlang, die nun immer schneller an ihr empor gleitet. Mit Mühe schafft sie es, sich um die Ecke zu ziehen, bevor sie an dem Vorsprung vorbei in die Tiefe stürzt. Sie prallt unsanft auf den lehmigen Boden auf. Dabei rutscht ihr die Flasche mit dem Zaubertrank aus der Hand. Sie kullert über den Boden, wobei die wertvolle, lilafarben leuchtende Flüssigkeit in alle Richtungen spritzt. Golina rappelt sich auf und versucht, den Glaskolben zu erwischen, doch bevor sie ihn erreicht, rollt er über die Kante des Vorsprungs und stürzt in die Tiefe.

Oh nein! Nun hat sie keine Möglichkeit mehr, heile wieder nach unten zu kommen!

Sie sieht sich um. Der Hang ist steil, fällt aber an dieser Stelle nicht senkrecht ab. Es gelingt ihr, die Erdblöcke emporzuklettern. Mehrmals gelangt sie an Stellen, die zu steil sind, um weiter zu klettern, und muss umkehren. Doch schließlich findet sie einen Weg bis hinauf zum Gipfel. Dort stehen einige Bäume auf dem flachen, nur stellenweise mit Gras bewachsenen Boden. Doch von einem Haus ist nichts zu sehen, und auch von Primo und Nano fehlt jede Spur.

Enttäuscht und verzweifelt, ohne Hoffnung, die beiden jemals wiederzusehen oder zu ihren Freunden tief unten zurückkehren zu können, bricht Golina in Tränen aus.

17. Das Dorf am Rand des Sumpfes

Auf der anderen Seite des nördlichen Wüstendorfs erstreckt sich ein ausgedehnter, hügeliger Wald. Einerseits ist es schön, nicht mehr durch die Wüste marschieren zu müssen, denn die Bäume spenden angenehmen Schatten. Andererseits ist es hier schwieriger, die Orientierung beizubehalten, und dichtes Gestrüpp und steile Hügelhänge zwingen sie dazu, manchen Umweg zu machen.

Als die Sonne untergeht, ist sich Primo nicht mehr sicher, ob sie in die richtige Richtung gegangen sind. Er findet eine kleine Höhle, die frei von Monstern ist. Rasch befestigt er Fackeln an den Wänden. Doch er schafft es nicht, den Eingang der Behausung zu verschließen, bevor die Nacht hereinbricht und sich die ersten Monster nähern.

So ist an Schlaf nicht zu denken. Immer wieder versuchen Nachtwandler, in die Höhle einzudringen. Primo kann sie nur mit Mühe mit dem Schwert davon abhalten. Hinter ihm hüpft Nano aufgeregt auf und ab und ruft: „Gib's ihm, Papa! Ja, so ist's richtig! Immer fest draufhauen! Zack! Peng! Krach! Hurra, dem hast du's aber gezeigt!"

Einmal explodiert ein Knallschleicher, bevor Primo ihn töten kann. Er wird von der Explosion zu Boden geworfen, aber zum Glück nur leicht verletzt.

„Das hat aber laut Kawumm gemacht!“, ruft Nano, der sich über die Aufregung zu freuen scheint, anstatt verängstigt zu sein.

Endlich geht die Sonne auf, und sie können den Weg Richtung Norden fortsetzen. Bald erreichen sie steile Hügel, die mit bunten Blumen bewachsen sind.

„Oh, wie schön!“, ruft Nano aus. „Darf ich ein paar davon für Mama mitnehmen?“

„Ja, von mir aus“, sagt Primo. Er ist müde und niedergeschlagen, denn er hat jede Hoffnung verloren, jemals wieder nach Hause zurückzukehren und seine geliebte Golina wiederzusehen. Wo sie jetzt wohl ist?

Ihm fällt die Nachricht ein, die er ihr geschrieben hat. Damals dachte er noch, er sei auf dem Gipfel des Himmelsturms. Zum Glück gibt es ja keine Möglichkeit, dort hinaufzugelangen, so dass diese Falschinformation keine schlimmen Folgen gehabt haben kann.

Während Primo vor Erschöpfung kaum einen Fuß vor den anderen setzen kann, hüpft Nano fröhlich über die Hügel und pflückt Blumen. Bald hat er einen bunten Strauß gesammelt. Da entdeckt er auf dem Gipfel eines steilen Abhangs eine besonders große und schöne Blume.

„Die da will ich haben!“, sagt er und flitzt los.

„Nein, bleib hier!“, ruft ihm Primo nach. „Das ist viel zu steil! Du wirst herunterfallen und dir wehtun!“

Doch Nano hört nicht auf ihn. Er klettert auf den Hügel und pflückt die Blume. Dann hüpft er plötzlich aufgeregt auf der Stelle und zeigt auf etwas, das hinter dem Hügel liegt.

„Da sind Häuser, Papa! Ich hab Häuser gefunden!"

Primo kraxelt mühsam den Hügel hinauf. Als er Nano endlich erreicht, sieht er nicht weit entfernt tatsächlich eine kleine Ansammlung von Häusern und Hütten. Dahinter sind die Ausläufer eines Sumpfes zu erkennen. Das muss das Dorf sein, von dem die Wüstendorf-Bewohner gesprochen haben.

Ohne große Hoffnung klettert Primo den Hügel hinab und geht auf das Dorf zu, das einen recht armseligen Eindruck macht und nicht einmal über eine Kirche verfügt. In den anderen Dörfern war der Empfang nicht sehr herzlich. Warum sollte es hier anders sein?

Doch als die beiden von einer kleinen Gruppe von Bauern empfangen werden, erlebt er eine Überraschung.

„Nanu, wo kommt ihr denn her?", fragt einer der Dorfbewohner. Er spricht die Worte genau so aus, wie Primo selbst sprechen würde. Ist das ein gutes Zeichen?

„Ich bin Primo, und das ist mein Sohn Nano. Wir kommen aus dem nördlichen Wüstendorf und suchen unser Heimatdorf am Rand der Schlucht."

„Herzlich willkommen im Sumpfdorf, Primo und Nano. Wir bekommen hier nicht sehr oft Besuch, da unser Dorf etwas abgelegen liegt. Umso mehr freuen wir uns über euren. Ich heiße Gabo, und das sind Henk und Vikka."

„Vielen Dank für den freundlichen Empfang", sagt Primo. „Wir suchen unser Dorf. Es liegt am Rand einer Schlucht, aber es ist nicht das in der Nähe des südlichen Wüstendorfs. Kennt ihr vielleicht ein solches Dorf?"

Gabo schüttelt den Kopf. „Nein, tut mir leid. Das einzige Dorf, das wir kennen, ist das im Süden mit diesen unfreundlichen Leuten, die so komisch reden. Aber da scheint ihr ja gerade herzukommen. Die Sonne steht schon tief. Warum bleibt ihr nicht über Nacht hier, bevor ihr weiterzieht?"

Primo nickt, erfreut über die Freundlichkeit der Dorfbewohner. „Das ist sehr nett von euch, und wir nehmen das Angebot gern an, denn wir haben letzte Nacht nicht sehr viel geschlafen."

Doch dann sinkt seine Laune, als ihm einfällt, dass er überhaupt nicht weiß, wie es morgen weitergehen soll. Wenn diese Leute kein anderes Dorf außer dem nördlichen Wüstendorf kennen, dann bleibt ihm wohl nichts anderes übrig, als mit Nano zurück zu dem Haus auf der Bergspitze zu gehen und es doch noch einmal mit der Endertruhe zu versuchen. Bei dem Gedanken daran, all die vielen Leitersprossen mit

Nano auf den Schultern wieder heraufzuklettern, wird ihm beinahe schwindelig.

„Ihr könnt bei mir übernachten“, bietet Vikka an, die das braune Gewand einer Bäuerin trägt.

Primo und Nano folgen ihr in ein geräumiges Bauernhaus am Rand des Sumpfes. Während Vikka ihnen gebratenes Hühnchen serviert, erzählen sie von ihren Abenteuern.

„Das sind wirklich erstaunliche Erlebnisse“, sagt ihre Gastgeberin. „Sie erinnern mich an die Abenteuergeschichten, die meine Großmutter mir immer erzählt hat, von Helden, die in ferne Länder reisten. Meine Lieblingsgeschichte handelte von einem Mann auf einem Pferd, der eine schöne Jungfrau retten musste, die hoch oben auf einem Berg gefangen war. Der Berg hieß Himmelsturm und war so hoch, dass seine Spitze über den Wolken lag, und so steil, dass niemand je hinaufklettern konnte. Aber der Mann auf dem Pferd hat es trotzdem geschafft, indem er eine magische Blume wachsen ließ und an ihr emporstieg. Und dann war da noch ein böser Schattenmann, den er auf dem Berggipfel besiegen musste.“

„Moment mal, sagtest du ‚Himmelsturm‘?“, fragt Primo.

„Ja, so hieß der Berg. Meine Großmutter hat gesagt, er läge in Richtung des Sonnenuntergangs, jenseits des Sumpfes und noch viel weiter. Aber das ist sicher bloß eine Legende.“

„Ja, wahrscheinlich", stimmt Primo zu. Doch obwohl er todmüde ist, liegt er noch lange wach und überlegt, ob die Legende vielleicht einen wahren Kern hat und mit dem Wort Himmelsturm tatsächlich der Berg in der Nähe von Margis Heimatdorf gemeint sein könnte.

Am nächsten Morgen ist ihm klar, dass diese Spur besser ist als gar keine. Also macht er sich mit Nano auf den Weg. Die freundlichen Dorfbewohner schenken den beiden noch ein Proviantpaket mit Brot, Kuchen und Milch, wofür sich beide überschwänglich bedanken.

Sie marschieren am südlichen Rand des Sumpfs entlang Richtung Westen. Gegen Mittag erreichen sie einen großen Berg, an dessen Flanke ein gigantischer Wasserfall und gleich daneben ein breiter Lavastrom herabstürzen.

„Wo kommt eigentlich die viele Lava her?", fragt Nano.

„Na, aus dem Berg natürlich", sagt Primo.

„Aber müsste der Berg dann nicht irgendwann leer sein?"

Primo betrachtet den Lavastrom. Solche Gedanken hat er sich noch nie gemacht. „Die Welt ist eben so, wie sie ist", sagt er. „Notch hat sie gemacht, und wir können sie nun mal nicht verstehen. Priester Magolus sagt, man soll sich darüber nicht den Kopf zerbrechen und lieber beten und Notchs Gebote befolgen."

„Woher weiß er denn, dass Notch die Welt gemacht hat? Hat er mit ihm gesprochen?“

„Er behauptet es jedenfalls, aber ich bezweifle, dass das stimmt. Die Sache mit Notch, dem Schöpfer steht in seinem Heiligen Buch.“ Primo kann die entsprechenden Passagen immer noch aufsagen, nachdem er zur Strafe einmal das ganze Buch auswendig lernen musste.

„Bloß, weil es in einem Buch steht, muss es doch nicht wahr sein“, sagt Nano.

„Da hast du recht. Aber bitte sage so etwas niemals, wenn Magolus in der Nähe ist.“

„Was ist, wenn es diesen Notch gar nicht gibt?“

„Wieso sollte es ihn nicht geben? Irgendwer muss doch die Welt gemacht haben.“

„Aber die Welt könnte doch schon immer dagewesen sein. Oder sie ist einfach so von selbst entstanden.“

„Einfach so von selbst? Nano, ich fürchte, du bist noch zu klein, um diese Dinge zu verstehen. Später, wenn du größer bist, wird dir Magolus alles erklären.“

Sie wandern weiter zwischen von Schlingpflanzen überwucherten Bäumen hindurch. Bald erreichen sie das Ende des Sumpfes, durchqueren einen Fluss und setzen den Weg durch einen dichten Wald fort.

Die Sonne steht bereits tief, als Nano plötzlich stehen bleibt und aufgeregt nach oben zeigt. „Sieh mal, Papa. Fliegende Erde!"

Tatsächlich schweben über ihnen in der Luft zwei Erdblöcke.

„Wieso fallen die nicht runter, Papa?", fragt Nano.

Primo zuckt mit den Schultern. „Das ist eben so!"

„Aber warum ist das so?"

„Frag nicht so viel, mein Sohn."

Primo sieht sich um. Jetzt wäre vielleicht der richtige Moment, um für die Nacht vorzusorgen. Er gräbt eine kleine Höhle in einen steilen Hang in der Nähe. Dort verbringen sie eine unbequeme, aber relativ ruhige Nacht, bevor sie am nächsten Morgen den Weg durch den scheinbar endlosen Wald fortsetzen.

Gegen Mittag erreichen sie einen Fluss, der sich in einer weiten Schleife von Ost nach West und wieder zurück windet. Auf der anderen Seite liegt eine Wüste.

„Nicht schon wieder heißer Sand!", stöhnt Nano.

Doch als Primo den Fluss durchquert, macht sein Herz einen Freudensprung. Nördlich der Wüste erstreckt sich eine Savanne, und in der Ferne ragt eine steile Felssäule auf, die Primo auf Anhieb wiedererkennt. Vikkas Legende ist also wahr: Sie haben den Himmelsturm gefunden!

18. Wiedersehen am Fuß des Berges

„Jetzt weiß ich endlich, wohin wir gehen müssen!", ruft Primo erfreut. „Komm, Nano. Bald sind wir zuhause bei Mama!" Er macht sich auf den Weg Richtung Süden.

„Nein, Papa!", sagt Nano. „Wir müssen in die andere Richtung!" Er zeigt nach Norden in Richtung des Himmelsturms.

„Du hast recht, mein Sohn, das da ist der Himmelsturm. Aber unser Dorf liegt nun mal südlich davon. Wenn wir die Wüste durchqueren und dann durch den Wald Richtung Westen marschieren, kommen wir dorthin. Wenn wir uns beeilen, schaffen wir es noch vor Sonnenuntergang!"

„Aber dahinten sind Großvater und Onkel Kolle und Tante Margi und die Frau mit dem lustigen Ding auf dem Kopf!"

Primo starrt in die Richtung, in die Nano aufgeregt zeigt. Doch er kann nichts erkennen. Hat sein Sohn schärfere Augen als er, oder ist ihm die Hitze zu Kopf gestiegen?

„Komm, Papa!", ruft Nano und rennt los. „Wer zuerst bei ihnen ist, hat gewonnen!"

Primo bleibt nichts anderes übrig, als ihm nachzulaufen. Bald erkennt er, dass Nano recht hatte: Am Fuß des Berges stehen mehrere Gestalten. Als sie die beiden sehen, winken sie aufgeregt.

„Primo! Nano!“, ruft sein Vater voller Freude. „Wo kommt ihr denn auf einmal her?“

„Das ist eine lange Geschichte, Vater.“

„Du bist aber groß geworden, Nano!“, sagt Margi und umarmt Primos Sohn stürmisch. „Man erkennt dich ja kaum wieder.“

„Wirklich erstaunlich, wie schnell die Zeit vergeht“, stimmt Kolle zu.

„Was macht ihr eigentlich alle hier am Fuß des Himmelsturms?“, fragt Primo.

„Wir dachten, du bist da oben“, erklärt Willert. „Wegen der Nachricht, die du in die Endertruhe gesteckt hast.“

„Tut mir leid, das war ein Fehler. Wir waren auf einem anderen sehr hohen Berg, und von dort oben habe ich tief unter uns ein Wüstendorf gesehen. Da dachte ich, wir wären auf dem Himmelsturm. Erst, als wir unten waren, habe ich meinen Irrtum bemerkt, doch da war es zu spät, um die Nachricht zu korrigieren. Aber das ist ja jetzt auch egal. Lasst uns schnell ins Dorf zurückkehren! Golina macht sich bestimmt große Sorgen.“

„Es gibt da ein Problem, mein Sohn“, sagt Porgo. Er zeigt auf den Gipfel des Himmelsturms. „Golina ist dort oben!“

„Was? Wie ... wie ist sie denn da raufgekommen?“

„Ich habe einen Flugtrank gebraut!“, erklärt Ruuna stolz.

„Und wie kommt sie wieder runter?“

„Das ist ganz einfach. Sie muss nur vom Berg springen.“

„Vom Berg springen?“, ruft Primo. „Bist du verrückt? Das würde ihren sicheren Tod bedeuten!“

„Nicht, wenn sie zwischendurch ganz kleine Schlucke von dem Trank nimmt, die ihren Fall bremsen“, erklärt die Hexe.

„Ich frage mich, warum sie das nicht schon längst gemacht hat“, sagt Kolle. Er klingt besorgt. „Immerhin ist sie schon eine ganze Weile da oben. Sie muss doch inzwischen gemerkt haben, dass ihr nicht dort seid.“

„Guck mal, was ich gefunden habe, Papa!“, ruft Nano aufgeregt. Er hält einen Glaskolben mit einer violett leuchtenden Flüssigkeit hoch, die Primo an die Augen eines Endermans erinnert.

„Oh, bei Notch!“, ruft Porgo erschrocken aus. „Das ist die Flasche mit dem Flugtrank! Golina muss sie verloren haben!“

„Zum Glück ist sie im hohen Glas gelandet und nicht zerbrochen“, sagt Ruuna.

„Aber was machen wir denn jetzt?“, fragt Margi. „Golina ist doch immer noch dort oben!“

„Jemand muss zu ihr raufliegen und ihr die Flasche bringen“, sagt Kolle.

„Aber es ist viel zu wenig von dem Trank übrig“, widerspricht Margi. „Das reicht nie und nimmer, um dort hinauf und zu zweit heile wieder herunterzukommen."

„Kannst du mehr von dem Flugtrank brauen, Ruuna?", fragt Primo.

Die Hexe schüttelt traurig den Kopf. „Leider habe ich keine Zutaten mehr."

„Wie seid ihr denn von dem anderen hohen Berg heruntergekommen?", fragt Margi.

„Da war ein Schacht im Inneren des Bergs mit einer sehr langen Leiter. Der Fremde muss sie gebaut haben, so wie das Haus oben auf dem Gipfel, in dem die Endertruhe stand."

„Vielleicht können wir auch eine sehr lange Leiter bauen", schlägt Kolle vor.

„Das würde viele Tage dauern, wenn wir es überhaupt schaffen", widerspricht Willert. „Golina ist ganz allein dort oben auf dem Gipfel, ohne Waffen und ohne Schutz. Sie würde die Nacht nicht überleben."

„Dann ... dann ist sie verloren!", stöhnt Margi auf.

„Ich will zu Mama!", ruft Nano.

Primo sieht ihn an. „Könnte ... könnte vielleicht Nano zu Golina hinauffliegen? Er ist leichter als wir Erwachsenen."

„Was denkst du, Ruuna, würde die Menge des Tranks reichen, damit er bis zum Gipfel kommt und mit Golina sicher wieder landen kann?", fragt Willert.

Die Hexe betrachtet die Glasflasche. „Ich weiß es nicht“, sagt sie. „Vielleicht, vielleicht auch nicht.“

„Willst du wirklich das Leben deines Sohnes riskieren, um Golina zu retten?“, fragt Porgo.

Primos Gedanken rasen, als er Nano ansieht, der die Flasche Zaubertrank hält. Soll er den sicheren Tod seiner geliebten Golina in Kauf nehmen oder riskieren, dass auch sein Sohn bei dem Versuch, sie zu retten, stirbt? Es ist eine Entscheidung, die er unmöglich treffen kann!

Nano erwidert seinen Blick, und etwas scheint in seinen Augen aufzublitzen. Er betrachtet den Glaskolben in seiner Hand. Bevor irgendwer ihn daran hindern kann, nimmt er einen Schluck von der leuchtenden Flüssigkeit.

„Hui! Guck mal Papa, ich kann fliegen!“, ruft er fröhlich aus, während er rasch höher steigt.

„Nano!“, ruft Primo entsetzt. „Komm wieder runter!“

Doch dazu ist es zu spät. Es gibt nichts, was er tun kann, außer seinem Sohn nachzublicken, der immer höher aufsteigt, bis er in den Wolken verschwindet.

19. Unerwarteter Besuch

Golina sitzt auf dem Gipfel des Himmelsturms und starrt ins Leere. Sie hat längst keine Tränen mehr übrig.

Plötzlich steigt über die Kante des Bergs eine Gestalt auf, in einer Hand den Glaskolben mit Ruunas Flugtrank, in der anderen einen großen Blumenstrauß.

„Hallo, Mama! Guck mal, ich kann fliegen!“, ruft die Gestalt, während sie weiter nach oben steigt.

Golina kneift die Augen zusammen. Das muss ein Trugbild sein. Vielleicht eine weitere Nebenwirkung des Flugtranks. Sie schüttelt den Kopf, doch als sie die Augen öffnet, ist die Gestalt immer noch da. Sie schwebt jetzt hoch über ihr.

Ist das etwa Nano? Aber das kann nicht sein. Der Junge, der dort oben schwebt, ist viel größer als ihr Sohn. Nein, das muss ein Trugbild sein. Wahrscheinlich ist sie vor Kummer verrückt geworden. Am besten, sie ignoriert die Erscheinung einfach.

Die Gestalt sinkt jetzt langsam herab. Doch ein leichter Wind weht sie in Richtung der Kante des Berggipfels. Wahrscheinlich wird sie darüber hinaus getrieben, bevor sie auf dem schmalen Berggipfel landen kann.

Golina überlegt, ob sie versuchen soll, dem fliegenden Jungen zu helfen. Aber wozu, wenn er doch bloß ein Trugbild ist?

„Hallo, Mama!“, ruft die Erscheinung über ihr. „Guck mal, was ich dir mitgebracht habe.“ Sie lässt den Blumenstrauß fallen. Blumen prasseln auf den Gipfel wie bunte Schneeflocken. Eine davon, eine besonders große und schöne, trifft Golina. Verwundert betrachtet sie die Blume. Sie fühlt sich so echt an, und sie riecht auch gut!

Golina blickt hoch zu der Gestalt, die nun schneller fällt und dabei schon dicht an den Rand des Berggipfels getrieben ist. Sie rennt zur Kante und erreicht diese genau in dem Moment, als der Junge an ihr vorbeifällt. Es gelingt ihr gerade noch, die braune Robe zu greifen und ihn auf den Gipfel zu ziehen.

„Danke, Mama!“

Golina starrt den Jungen mit großen Augen an. „Nano?“

„Ja, Mama!“

„Aber ... wie ist das möglich? Du bist viel größer als beim letzten Mal, als ich dich gesehen habe.“

„Ja, Mama, ich bin jetzt groß!“, sagt Nano stolz.

Da endlich begreift Golina, dass der Junge vor ihr kein Trugbild ist, sondern ihr geliebter Sohn. Schluchzend umarmt sie ihn.

„Nano! Mein Nano! Ich habe dich so vermisst!“

„Ich dich auch, Mama.“

„Aber wie ist das möglich? Wo warst du?“

Nano erzählt ihr eine wundersame Geschichte, wie er in eine dunkle Truhe kletterte, wie ihn ein Mann ohne Nase fand und er plötzlich in einem anderen Haus war, wie er dann Papa in derselben Truhe entdeckte, was sehr lustig war, wie sie eine lange Leiter herunterkletterten, viel in der Gegend herumliefen und in lauter Dörfern waren, in denen die Leute komisch sprachen, und wie Papa ganz viele Monster verhauen hat, damit sie zu Mama zurückkehren konnten.

„Papa wartet dort unten auf uns?“, fragt Golina, als er endet.

„Ja. Komm, lass uns zu ihm fliegen.“

Golina betrachtet den Glaskolben mit Ruunas Flüssigkeit. Es sind nur noch wenige Tropfen darin.

„Hoffentlich reicht das“, sagt sie.

„Hab keine Angst, Mama“, erwidert Nano. „Ich bin ja bei dir.“

Sie lächelt, doch sie hat ein mulmiges Gefühl, als sie an den Rand des Gipfels tritt. Tief unten erkennt sie die Steppe am Fuß des Berges und weiter rechts die Wüste. Ihre Freunde sind nur winzige Punkte. Ob einer davon Primo ist, kann sie von hier aus nicht erkennen.

Sie umfasst mit einem Arm Nano, der sich an ihr festklammert. Dann nimmt sie all ihren Mut zusammen, trinkt einen winzigen Schluck aus der Flasche und springt.

Viel zu schnell stürzen sie in die Tiefe. Der Schluck war zu klein. Golina versucht, noch einmal aus der Flasche zu trinken, doch aus irgendeinem Grund läuft die Flüssigkeit nicht aus der Flasche nach unten, wie sie es eigentlich tun müsste. Schon durchstoßen sie die Wolkendecke, und der Boden kommt rasend schnell näher.

Endlich gelingt es Golina durch Schütteln, die leuchtende Flüssigkeit in ihren Mund zu befördern und herunterzuschlucken. Es gibt einen heftigen Ruck, als sich ihr Sturz abrupt verlangsamt. Beinahe wird ihr Nano aus dem Arm gerissen. Nur mit Mühe kann sie ihn festhalten.

Bestürzt stellt sie fest, dass sie jetzt wieder nach oben schweben. In ihrer Panik hat sie den Rest der Flüssigkeit ausgetrunken - zu viel, um den Sturz nur etwas zu bremsen.

Langsam steigen sie empor. Tief unten laufen ihre Freunde aufgeregt hin und her. Sie haben anscheinend gesehen, was passiert ist, und machen sich nun offensichtlich große Sorgen.

„Es tut mir leid, mein Sohn", sagt Golina. „Ich glaube, ich habe einen Fehler gemacht."

„Ach was, Mama, bestimmt wird alles gut. Dafür wird Papa schon sorgen. Er weiß alles!"

Golina wünschte, sie hätte ebensolches Vertrauen in Primo. Doch im Unterschied zu Nano weiß sie, dass auch er manchmal Fehler macht, genau wie sie.

Die Aufwärtsbewegung endet. Einen Moment lang schweben sie auf der Stelle, dann sinken sie ab, zuerst sanft, dann immer schneller. Golina ist klar, dass sie einen Sturz aus dieser Höhe nicht überleben werden. Sie traut sich nicht, in die Tiefe zu sehen. Stattdessen umklammert sie Nano noch fester.

„Danke, mein Sohn, dass du versucht hast, mich zu retten", sagt sie und küsst ihn. „Ich liebe Dich!"

„Ich dich auch, Mama!"

In diesem Moment prallen sie auf. Wasser spritzt in alle Richtungen, und sie sinken unter die Oberfläche. Vor Schreck lässt Golina Nano los und rudert wild mit den Armen, bis sie schließlich auftaucht.

Verwundert sieht sie sich um. Ihre Freunde stehen rings um einen kleinen Teich, der noch nicht da war, als Golina das letzte Mal nach unten sah.

Neben ihr taucht Nanos Kopf aus dem Wasser auf. „Das war lustig!", ruft er. „Können wir das noch mal machen?"

Alle lachen vor Erleichterung.

Golina klettert aus dem Wasser. „Wie ... wo kommt der Teich plötzlich her?", fragt sie.

„Das war Primos Idee", sagt Porgo. „Er hat erkannt, dass ihr Schwierigkeiten hattet, den Fall richtig abzubremsen. Also haben wir so schnell wie möglich einen flachen Teich gegraben. Zum Glück hatte Ruuna einen Eimer dabei, und der Fluss ist ja nicht weit weg."

„Danke!", sagt sie.

Primo grinst breit. „Gern geschehen!"

Er hilft ihr und Nano aus dem Wasser, und dann umarmen sie sich zu dritt, während die Sonne die nassen Kleider und Golinas Freudentränen trocknet.

Die Sonne geht bereits unter, als die Freunde endlich das Dorf erreichen, das Primo und Nano so lange gesucht haben.

„Jetzt bin ich aber mal dran!", ruft Ruuna und rennt zur Kreisbahn. Die anderen feiern das glückliche Ende dieses Abenteuers im Haus von Golinas Eltern. Sie erfahren, dass der Fremde vor Kurzem im Dorf war, sich umsah, als suche er etwas oder jemanden, und eine Weile staunend vor der Kreisbahn stand, bevor er wieder fortging.

Die ganze Nacht hindurch erzählen Primo und Nano von ihren Erlebnissen. Golina glüht vor Stolz auf ihren Sohn, doch sie spürt auch ein wenig Wehmut bei dem Gedanken daran, dass sie nicht dabei war, als aus dem Kleinkind ein richtiger Junge wurde, fast schon ein junger Mann.

„Es tut mir leid, dass ich den Schwur, den ich dir gegeben habe, nicht halten konnte", sagt Primo später, als sie Arm in Arm auf dem Bett liegen, während

Nano zusammengekauert in seinem Bettchen schlummert, das ihm bereits viel zu klein ist.

„Es war dumm von mir, dir dieses Versprechen abzuverlangen“, erwidert Golina. „Es ist nun mal dein Schicksal, Abenteuer zu erleben und andere, die in Gefahr sind, zu retten. Deshalb entbinde ich dich nun für immer von deinem Schwur. Aber dafür schwöre ich dir eins: Wenn du mich bei deinem nächsten Abenteuer nicht mitnimmst, wirst du es bereuen!“

ENDE

Hinweise zum Erkunden der Schauplätze dieses Buchs in Minecraft (PC-Version)

Die Schauplätze in diesem Buch lassen sich alle in Minecraft besuchen, wenn du den Seed 100200300400500 eingibst (siehe Anleitung am Anfang des Buchs). Die Koordinaten in der folgenden Tabelle können dir dabei helfen. Die Angaben sind ungefähre Werte.

Ort	X	Y	Z
Das Endportal	7	31	617
Das Haus über den Wolken*	1.191	154	192
Das südliche Wüstendorf	1.172	69	116
Das Dorf am Rand der Schlucht	1.566	65	64
Der Gipfel des Himmelsturms	41	193	-787
Das nördliche Wüstendorf	1.202	63	-214
Die Höhle, in der Primo und Nano übernachten	1.151	69	-521
Das Dorf am Rand des Sumpfes	1.059	68	-735
Die schwebende Erde	431	64	-712

*Hinweis: Das in der Geschichte beschriebene Haus über den Wolken existiert in Minecraft natürlich nicht. Wenn du Lust hast, kannst du es ja nachbauen!

Meine Versuche, die Mundarten des Bayerischen (südliches Wüstendorf), Schwäbischen (Dorf am Rand der Schlucht) und Hessischen (nördliches Wüstendorf) in der Sprache der Dorfbewohner wiederzugeben, wurden durch die folgenden Übersetzungsportale unterstützt:
Bayerisch: https://www.respekt-empire.de/Translator/?page=translateEngine
Schwäbisch: http://www.fh-wedel.de/~si/zettelkasten/etc/schwob.html
Hessisch: http://www.iwwersedser.de/translate

Alle Übersetzungsfehler gehen auf mein Konto, und ich entschuldige mich bei den Bewohnern dieser schönen Landstriche dafür. Außerdem möchte ich betonen, dass die Bayern, Schwaben und Hessen, die ich persönlich kenne, alle sehr freundliche Menschen sind. Dass einige der Mundart sprechenden Dorfbewohner in diesem Buch ziemlich unfreundlich sind, soll in keiner Weise andeuten, dass dies auch für reale Personen mit einem entsprechenden Dialekt gilt.

Karl Olsberg
Würfelwelt
Ein Computerspiel-Roman

Karl Olsberg
Zurück in die Würfelwelt
Ein Computerspiel-Roman

Karl Olsberg
Flucht aus der Würfelwelt
Ein Computerspiel-Roman

14493344R00082

Printed in Poland
by Amazon Fulfillment
Poland Sp. z o.o., Wrocław